# 길 따라 예까지

장봉호 지음

한누리미디어

아버님의 회갑연

관광공사 공채시험

경영학 석사

예까지 살아온

우리 가족

사랑스런 두 딸

형님과 함께

제 465 호

# 훈 장 증

서울로얄호텔

총지배인 장 봉 호

귀하는 관광사업을 통하여 우리나라 산업발전에 이바지한 바 크므로 대한민국 헌법의 규정에 의하여 다음 훈장을 수여함

석탑산업훈장

1980년 9 월 29 일

대 통 령 전 두 환

국무총리 남 덕 우

이증을 석탑산업훈장부에 기입함

총무처장관 김 용 휴

영원한 호텔맨상

일본 탐방기념

해외 부부 탐방 기념

최병무, 영혼에 각인된 벗

백일장 및 시낭송회 심사위원들

금암회 행사 기념

백두산 등정

장봉호 상훈기록-표지

캐나다 록키산맥

평화통일노인위원회 발기인

봉화산 탐방

삼남매

송초공과 북한산 산행

막내와 북한산에서

유럽 땅끝마을 포르투갈 까르보르카에서 목우회

우리 가족 제주도에서

캐나다 밴프 Springs호텔

류참봉과 마곡사에서

고향바다와 벗 김선두

지금부터 60년 전인 1959년 4월 5일, 6.25 한국 전쟁의 상처는 아물지 않은 채 정치는 부정부패로 얼룩진 자유당독재, 사회는 무질서와 혼란의 연속, 경제는 보릿고개를 못 넘기던 배고픔 속에 정신문화만큼은 보살펴야 할 불교계마저 비구 · 대처의 정화분쟁에 휘말려 있을 즈음 불교학도 31명이 4대 개발(심신, 사회, 경제, 사상)의 기치를 내걸고 민족의 생존도구인 호미를 든 관음성상을 김해 봉화산 정상에 봉안하였습니다. 종교는 국경이 없으나 종교인은 국경이 있음을 보여준 이 불사가 60주년을 맞이하면서 지난 3월 30일 동국대 만해관에서 학술대회를 성황리에 개최하여 호미 든 관음성상의 학술적인 가치와 의미를 새롭게 조명함으로써 불교계는 물론 학계의 뜨거운 관심을 유발하였습니다.

특히 10년 전인 2009년에 불교방송 대강당에서 50주년 기념행사를 개최할 때 행사의 중심에서 누구보다 정열적으로 힘써 줌으로써 오늘의 위상을 확립시켜 준 장봉호 『한국불교문학』 편집위원장 겸 한국불교문인협회 부회장께서 그간의 불교와의 인연을 담은 글을 써 모아 책으로 펴내신다니 축하 인사와 함께 격려의 박수를 보냅니다.

사실 포교사로서 불교인의 삶을 영위하던 본인에게 문학의 길을 안내하고 시인으로 등단하게 하더니 또 대단위 문학단체인 한국불교문인협회의 회장으로 천거하여 금년까지 만 8년을 회장으로서의 중책을 수행하게 했습니다. 그간 만해 한용운 시인의 생전의 거주지인 심우장을 중심으로 매년 그의 탄신일인 8월 29일에 '한국통일문학축전' 을 거행

함으로써 서울시는 물론 정부로부터 대단한 호응을 얻어 금년 4월 8일에는 만해 심우장이 국가문화재 사적으로 지정되는 대단한 성과를 얻기도 하였습니다.

만해 한용운 시인에게 있어서 자유와 평화라는 것은 민족정신에 뿌리를 두고 있어 통일의 주체가 평등한 것이어야 한다는 것이며, 타에 의지하지 않고 사회를 구성하는 각각의 개체에 대해서도 자유, 평등, 평화의 세계관을 계승하여 가까운 미래에 이루어질 우리의 평화통일의 현장에서 남북 화합의 지표가 될 것입니다.

게다가 지난 2년 동안 우리 한국불교문인협회와 한국불교학회가 화성시의 후원으로 우리의 정신문화유산으로서 세계적인 가치를 지니고 있는 원효사상과 관련한 학술발표회를 개최한 것은 오늘을 사는 우리 모두에게 거부할 수 없는 명확한 메시지를 던져주고 있습니다.

모든 중생은 하나입니다! 서민과 귀족이 하나요, 성(聖)과 속(俗)도 하나입니다. 지옥과 극락이 하나요, 부처와 중생 또한 하나입니다! 온 국민을 하나로 뭉치도록 평생 동안 일심(一心)으로 실천한 원효스님의 불국정토운동, 다툼을 종식시키고 하나로 화합시키는 화쟁사상(和諍思想), 일심을 알리고 화쟁을 실천하면 장애 없이 평등해져 일체의 걸림없는 무애도인이 된다는 무애사상(無碍思想) 등은 극한적 어려움과 대립 속에 오늘을 사는 우리 모두에게 상생의 대도(大道)가 될 것임을 밝혀 주시니 원효스님이 더욱 존경스러워지는 순간입니다.

부디 장봉호 부회장의 역작인 《길 따라 예까지》가 소중한 사람들과의 인연서로서 많은 관심과 함께 감동 깊게 읽혀지기를 축원하면서 건필 또한 빌어드립니다.

2019년 4월 청명일에

한국불교문인협회 회장 **선 진 규**

'그대 길을 아는가?' 라는 화두를 들고 이 세상을 살아오면서 난 그래도 길 따라 왔다고…….

방향감각을 잃지 않으려고 했는데 가만히 생각해 보면 동서남북도, 천지도 분간 못하고 허둥대며 지나온 것이 이제 와 생각하니 참으로 많은 회한이 남는다.

언제부터인지 난 버릇처럼 하늘을 본다.

많은 의문과 소망이 점철되어 하늘엔 의문 부호만 차곡이 쌓여가고 있는데 가는 길이 점지된 숙명의 길인 양 마냥 가고만 있다. 누가 괴롭히지 않아도 혼자 충분히 괴로운 사람으로 말이다.

'외로움은 혼자 있는 고통이고 고독은 혼자 있는 즐거움' 이라고 자위하며…, 자기가 지닌 깜냥은 생각하지 못하고 오지랖 넓은 처신으로 좋은 날 오기를 기다리며 무엇이라도 이룰 수 있다는 망각의 촉매로 살아온 터이다.

이런 애잔한 순수가 가득한 난해한 공간 속에서 무엇을 담으려 하는지?

오늘도 지향 없이 허덕이고 있다.

불경은 고사하고 불교모임의 행사 때마다 낭송하는 반야심경 하나도 제대로 독송 못하면서 한국불교문학 편집위원장이란 허세로 지내온 문력(文歷)이 돌이켜보면 부끄럽기 그지없다. 하여, 조용히 자숙하는 마음으로 내 부족함을 여과 없이 내비치는 사화집을 내는 바이다. 부디 부족한 허물은 덮어주고, 그저 소박하고 단조롭게 읽어 주기를 부탁드린다.

편집위원장을 맡아 오는 동안 모든 걸 희생적으로 도와주신 김재엽 한국불교문인협회 사무총장님의 고마움과 김영란 님의 따스한 마음, 그리고 예쁘게 편집하여 주신 지선숙 디자이너께도 감사드린다.

특히나 자기 몸보다 더 동생을 사랑하는 우리 주호 형님의 고마운 질타와 채근에 힘입어 이 책이 세상에 빛을 보게 되었다.

노자는 도덕경에서 '빈 공간이 있어야 방이 제 구실을 한다' 고 했다. 나 또한 부족한 빈 공간을 채워 줄 것을 믿으며 책을 펴내는 변으로 삼고 싶다.

이 책이 편집 마무리 되어 세상에 빛을 보게 되려는 찰나에 우리 집안의 대들보이시며 내 모든 재정적 지원을 약속하신 요양병원을 운영하시던 형님이 지난해 여름에 타계하시어 부득불 출간을 연기해 오다가 이제사 발간하게 되었다. 이 점에 대해 한누리미디어에 송구한 마음을 전하며 좋은 책 출판을 지향하는 그 정신을 기려 최고의 출판사가 되기를 기원드린다.

2019년 4월 청명일에

장 봉 호

# Contents

## 3부 _ 역사의 탐방



## 4부 _ 그리움의 좌표

Contents

## 5부 _ 영원한 우정



## 6부 _ 위대한 사부님들



## 7부 _ 회한에 찬 염원

# 8부 _ 시 · 시조

손녀 화가 고운의 작품

# 1부

# 불가의 안온함

우담바라 꽃이 피었습니다
성각스님을 만나다
지안스님을 만나다
능원스님을 만나다
해오름예술촌 정금호 촌장을 만나다
법창(法窓) 일등(一燈)
한국불교 5대 종단 개요(槪要)

# 우담바라 꽃이 피었습니다

불교의 경전에 초명의 이야기가 있다.

황소가 눈 한 번 감았다가 뜨는 순간에 일생을 마친다는 동물인데 아마도 짧은 시간의 개념과 인생사 삶의 허무함을 은유적으로 두고 한 말인 것 같다.

뒤에 안 일이지만 초명은 하루살이를 의미한다.

대저 시간이란 무엇인가?

공간의 반대 개념으로 과거와 현재 미래가 종(從)으로 무한하게 유전하여 연속하는 것이라고 하는데 시각과 시각 사이의 길고 짧음이 무슨 의미가 있는지 심히 의문이 들 때가 많았다.

극도로 발달한 오늘날 과학문명에서는 속도의 측량을 광년(光年)으로까지 계산하고 있어 우리의 상상을 초월한 구만리장천(九萬里長天)이란 머나먼 거리는 실증 과학과 철학을 넘어 종교적 의미로까지 승화하지 않으면 접근할 수 없는 무한의 개념으로 자리잡고 있는 터이다.

고대 중생대에 출현하여 쥐라기에 전성기를 이루다가 백악기에 멸종

하여 자취를 감춘 공룡의 역사를 보면서 과연 초명과 대비해서 어떤 종(種)의 우열을 단정지어 판단할 수 있을까 하는 생각이 들 때가 많다.

우리 인간의 시각에서 보면 하루살이들의 그 짧은 삶 속에서도 그들만의 종족 번식과 대소사의 생존에 필요한 일들을 해내면서 일생을 마치는 과정이 과연 우리네 인간사와 무엇이 다른가?

나는 이러한 생각이 미칠 때마다 초매(草昧)한 세상을 살아가는 데 있어 초명의 역사는 훌륭한 교훈이 아닐 수 없다.

원래 인간사란 모든 것이 시간이 흐르고 나면 묻혀지고 감춰지는 생태라서 적당히 감추고 살기에 너무나도 익숙해진 터여서 시간의 관념은 모호해지기 일쑤이고 현재 자기가 처한 위치와 상황에서 시간을 재단하기 때문에 각자의 생각에 따라 시간의 완급 조절이 가능하여 어떤 이는 태평성대를 누리는가 하면 일일여삼추(一日如三秋)로 세월 가기를 목 빠지게 기다리는 사람들이 있어 세상은 요지경 속이라는 유행가도 등장하는가 보다.

원래 시간이란 반복되는 것이며 역사 또한 반복되면서 계속된다고 했는데 시간의 가장 짧은 단위인 찰나(75분의 1초)와 긴 단위로는 쉽게 계산할 수 없는 겁(劫)이 다 시간이라는 틀 속에서 형성되어 우주의 생성 소멸의 과정을 시간의 단위로 설명한다고 하니 참으로 난해한 섭리라고 생각이 들어 머리가 무거워진다.

우리들 인간사뿐만 아니라 사바세계에 있어 시간은 가장 값싸면서도 평등하게 분배되는 자원이 아닐 수 없다.

감정도 이성도 없는 시간은 어떠한 변명도 들어 주지 않으며 태고로부터 오늘에 이르기까지 도도히 흘러가고 있는가 보다.

시간을 눈에 보이는 물체처럼 만들어 자신의 삶을 그에 맞춰 채굴하고 싶은 욕망은 어제 오늘의 일이 아니며 시간을 붙들어 놓고 부귀영화를 누려 보겠다는 분에 넘치는 욕망으로 불로장생을 꿈꾼 진시황제는 불로초를 구하러 동남동녀 삼천 명을 삼신산(三神山)에 보냈다는 것 또한 따지고 보면 인간의 역사는 삶의 질서와 죽음의 무질서가 맞물려 돌아가며 무한의 세계 속으로 오늘도 흘러가고 있지 않은가.

지지 않는 꽃은 꽃이 아니듯이 죽음이 없는 삶도 결코 삶이 아니잖은가?

비록 생의 순간이 길고 짧음이 있더라도 그 종이 지닌 일생의 시간들은 결코 가벼이 여길 수 없을진대 우리가 생각하는 초명의 그 짧은 생애에도 무궁한 자연의 섭리가 도사리고 있어 그들의 역사(役事)는 삼라만상의 생태계에 큰 몫을 하면서 면면히 이어져 내려오는 것이라는 생각이 든다.

흔히들 초로인생(初露人生)이라 선인들이 말해 왔고 우리들 역시 지나온 과거사는 눈 깜빡하면 지워져 버리는 순간의 기억으로 점철되어 허무함을 느끼게 되는 바, 언제까지나 비통에 젖어 귀한 생애의 시간을 허비할 것이 아니라 보다 나은 가치 있는 삶을 추구하기 위하여 혼신의 노력을 경주하며 살아가야 하지 않을까 하는 생각이 든다.

어느 작가가 말했듯이 살아 있는 것들이 기어이 스스로 아름다운 운명을 완성한다고 하듯이…….

나는 초명의 삶에서 우리들 운명의 예표(豫表 ; 예언 따위를 미리 보여주는 조짐)를 읽으며 생각의 깊이를 돈독히 하여야겠다고 다짐하곤 한다.

오늘날 삶의 현실은 복잡다단하기 때문에 단선적 시각으로는 그 전모를 파악할 수 없다는 또 다른 성찰과 포스트모던한 다원주의 사회를 살아가는 우리들에게 시사하는 바가 크므로 그 어려운 삶을, 젊었을 때 가졌던 청운의 꿈을, 모든 걸 불살라도 좋을 것 같은 사랑을, 냉소하며 회의하면서도 때때로 도덕 윤리 편견으로부터 벗어나 절체절명의 순간까지 자신을 몰아붙이고 싶어하는 이중적 속성이 갈수록 심화되어 가고 있어 다들 현대인의 위기라고 말하지 않는가?

불경에서 말하는 은유적인 짧은 삶을 살다 가는 초명의 세계도 종의 번식을 위하여 암수가 교접할 때 미와 추를 가리고 미움과 좋음을 구별하여 사귀고 있는가?

그들도 위계질서가 있어 번식과 생활 터전을 마련하는 데 어떤 관습에서 이루어지고 있는지 심히 궁금하다.

나는 일찍이 초명(처음에는 초맹으로 알았다)의 이야기를 듣고 각방으로 알아보았으나 어떤 종의 동물인지 종교적 교화를 위한 상상의 동물인지 몰라 퍽이나 궁금하던 차 우연한 기회에 우리 한국불교문인협회 고문이신 동원스님에게 회식하는 자리에서 물었더니 초명을 잘못 안 것 같다면서 바로 그 자리에서 초명에 관한 한시를 써 주시는 것이었다.

초명안첩기황주(蟭螟眼睫起皇州)
옥백제후차제투(玉帛諸候次第投)
천자임헌론토광(天子臨軒論土廣)
태허유시일부구(太虛猶是一浮漚)

하루살이 같은 생애에 눈곱 같은 땅에 나라를 세우고
임금이다 뭐다 벼슬을 두고 금은보화를 바치고
차례로 군림하면서 땅을 더 넓히려고 전쟁을 일삼으니
깨달음의 세계에서 볼 때 한낱 물거품인 것을 무엇 때문에…….

평소 해박한 불경의 지식은 말할 것도 없거니와 한문 실력, 문력, 필력 등이 대단한 분인 것은 알고 있었으나 어려운 한시를 조금도 주저 없이 써 내려가는 것을 보고 감탄해 마지않았고 그 비범함이 참으로 놀라워 수도자의 깊은 학문의 경지를 새삼 느낄 수 있었다.

그렇다. 어찌 초명만이 짧은 삶이라고 말할 수 있으랴. 우리 인생도 지나고 보면 잠시 잠깐인 것을, 억겁의 세월 속에 고작 백년의 시간은 찰나인 것을, 부처님 눈 한 번 깜빡이면 모든 것이 끝나는 존재가 아니던가?

살아 있는 이 순간에도 결코 가벼이 하거나 헛되이 보내지 말고 주어진 환경에서 노력하는 모습이 진정 삶의 아름다움이 아닌가?

여름 한 철 부나방처럼 무수히 모였다가 사라지는 하루살이가 주는 명제를 음미하며 고개를 들어 가을 하늘을 바라보는 마음 한 구석에 청량한 바람이 스쳐 가고 있다.

# 성각스님을 만나다

– 이 시대 선서화(禪書畵)의 거장

*본고는 『한국불교문학』(2012년 가을호, 제27호)에 특별기획으로 게재한 남해 망운사 성각스님과의 인터뷰 기사이다.

장봉호 반갑습니다. 스님께서는 남해가 고향이시고 남해에서 가장 존경받는 분이신데 수고를 끼쳐 드려 송구합니다. 하오나 스님을 생각하고 또 고향을 생각하는 저의 기본 취지는 순수하오니 이 점 혜량해 주시기 바랍니다. 스님께서는 남해가 낳은 대한불교조계종 종정 진제스님과 더불어 불교계의 거목으로 자리 잡으셨는데 남해 땅 화전(花田)의 영광으로 오래도록 세상 사람들의 입에서 회자(膾炙)되길 축원합니다. 우선 출가에 관련한 동기라든가 일화가 있으면 말씀해 주시겠습니까?

성각스님 사람이 살아가는 인생 여정에서 나름대로의 이정표 설정은 안 하고 살아간다 해도 인생행로에서 수시로 접하게 되는 삶의 애환을 감지하게 되고 그 때마다 어떤 돌파구를 찾게 됩니다. 1979년 10.26 박정희 대통령시해사건 이후 군사정권이 들어서고 1981년도 언론통폐합이 강행되는 과정에서 야기된 사회적 혼란이 결국 저에게도 실직의 아픔을 가져다 주었습니다. 1980년 9월로 기억되는데 선친께서 번뇌를 잊으려 저를 데리고 김해에서 선화(禪畵)를 잘 그리시기로 유명한 화엄(華嚴)스님께서 주석하시던 어방동 신어산(神魚山) 영구암(靈龜庵)을 방문하게 되었습니다. 화엄스님께서는 수년 후 영구암 주석을 마치고 동림사를 중창하시기도 했는데, 당시 선친과 교분이 두터우셨던 관계로 기억됩니다. 화엄스님께서 저한테 법기(法紀)가 있다고 하시면서 먹을 갈라고 했는데 잠시 머뭇거리던 중 선친께서 먹을 갈고 화엄스님께서 선화를 한 점 그려 하사하셨습니다. 바로 지장보살상이었습니다. 이후 화엄스님께서는 저에게 삭발을 권유하셨고 저는 거부하기를 반복하다가 1983년 초반에 화방사에서 삭발하고 염의를 입고 늦게나마 불가에 입문하게 되었습니다. 그리고 난 후 당시 초라한 암자에 불과했던 망운암으로 오게 되었고 천일기도를 통한 용맹정진으로 불사를 일으켜 현재의 망운사로 자리하게 되었습니다.

**장봉호** 망운사가 남해의 진산인 망운산 마루에 자리잡았는데 혹시 남다른 이유라도 있습니까?

**성각스님** 인연에 따른 것이겠지요. 화방사에서 공부하던 중 몽중가피(夢中加被)가 있어 망운암에 당도하게 되었고 이곳에서 도를 얻었다고 생각되는데 역시 중생제도는 속세의 깊은 인연과 무관하지 않다고 믿습니다. 선친께서도 79세를 일기로 타계하셨는데 꼭 20년 전의 일입니다. 그러니까 살아 계시다면 올해(2012년) 99세가 되십니다.

**장봉호** 스님께서 심혈을 기울여 추구하는 단아한 원의 그림 속에서 특별히 표출하고자 하는 이념이라든가 어떤 사상이 내재되어 있다면 밝혀 주시겠습니까?

**성각스님** 정신분석학자 프로이드의 스승도 원을 그리다 크게 깨달은 바가 있다고 하던데 불가에서 그리는 원은 헤겔 철학의 핵심이라 할 수 있는 정반합의 원리가 근간을 이룬다고 봅니다. 제가 그리는 원이 마음의 원을 우선으로 하는데 우리가 자연에서 처음 보는 것이 산이고 물이 아니겠습니까? 성철스님의 '산은 산이요, 물은 물이다'라는 말이 그대로 실감되는 것입니다. 자연스럽게 흐르는 물처럼 마음의 원을 따라 자아에 몰입하면 진성(眞性)과 진여(眞如)를 깨닫게 되고 그 가식 없는 마음으로 하여 선(善)을 추구하고 삶을 성찰하는 것이 바로 우리 불교가 추구하는 바가 아닌가 싶습니다.

장봉호 스님께서는 우리 불교계에서 손꼽히는 학승으로 대학 강단에도 서시고 경승(警僧)으로도 위촉받아 사회포교 활동에도 열심히 참여하고 계신 걸로 알고 있습니다. 좀 뜬금없는 질문인지 모르겠습니다만 붓다께서 가르치신 연기법에 따르면 실체로서 변하지 않고 영원히 독립하여 존재하는 자아는 없다고 했는데 그렇다면 윤회는 누가 하는 것입니까?

성각스님 연기법은 공(空)사상이며 모든 인연은 공(空)으로 귀결된다고 보는 것이지요. 인간의 육신이 실체로서 영원히 존재할 수는 없는 무상(無常)한 것이고 생로병사가 인간의 삶에 있어 최고의 화두(話頭)인데 무엇보다 죽음을 기꺼이 받아들이며 그 두려움을 두려움 없이 감내하는 것이 핵심이고, 윤회 또한 자기 마음이 하는 것입니다. 어쩌면 자기 마음 속에서 이미 인간으로서, 아니 한 붓다(Buddha)로서 열반을 추구하는 것입니다.

장봉호 스님은 대학 강단에서는 종교철학을 강의하고 계시지 않습니까? 현 종교사상의 분열적인 무의미는 고정된 의미의 세계에서 사는 정상적인 주체의 정신을 무너뜨린다고 알고 있는데 이를 타개할 방책이 무엇이든 있습니까?

성각스님 타개책이라…. 저에게 상당히 어려운 질문을 하셨는데 저는 만사가 무상하고 시공간적으로 고정불변은 없다고 생각합니다. 반야(般若)라는 말이 있잖습니까? 지혜를 얻기 위해 차담도 나누고 시공을 떠나 과거를 반추하는 것인데 저마다 과거의 마음도 알 수 없고 현재의 마음도 알 수 없는데 미래의 마음인들 알 수 있겠습니까? 종교사상도 결국 상황에 따라 변화되거나 분열될 수밖에 없는 한계가 있는 것이라고 봅니다. 그러니 변화된다는 그 자체를 막거나 타개책을 마련할 이유는 없다고 생각합니다. 다만 인간사에 얼마나 순기능적인 요소로 역할을 하는지는 나타나는 경계에 따라서 대응하여야 될 것입니다. 바로 순수하게 받아들이며 적응해 나가는 것이지요. 그렇다고 너무 감정에 치우쳐서도 안 되는 것입니다.

장봉호 그간 스님께서는 선화 전시회를 여러 차례 개최한 걸로 알고 있습니다. 작년 봄에 서울 서초구에 있는 예술의 전당에서 가진 선화 전시회는 화랑가의 큰 화제였습니다. 그 결실로 사회 활동도 많이 하신다고 들었는데 주로 어떤 내용인지 밝혀 주시겠습니까?

성각스님 1995년도에 부산 MBC 초청으로 선서화 특별초대전을 개최한 것을 시작으로 매년 1~2회씩 금년까지 18년 동안 약 30회를 개최하였으며, 해외출품 경력만도 25회를 기록하였습니다. 불우이웃 돕기, 실직자자녀 돕기, 소년소녀가장 돕기, 백혈병어린이치료기금 조성, 문화예술진흥기금 및 향토장학기금 마련 등등의 취지로 행사를 해 왔습니다. 그리고 기금이 생기는 대로 모두 기부했고, 어려운 환경에서도 공부에 열중하는 인재를 발굴하고 양성하는 데 지원하는 것을 원칙으로 미래의 국가 동력에 미력이나마 기여하고자 합니다.

장봉호 원효대사의 대승기신론에 일심 진여가 나오는데 이를 선화로 표현하여 그릴 수 있는지요?

성각스님 예. 바로 원입니다. 앞에서도 밝혔듯이 선화로써 원을 그리면 일심 진여가 되고 그것이 곧 자성(自性)이자 원효사상인 것입니다.

**장봉호** 요즈음 우리 불교를 비방하는 몰지각한 인사들의 언행이 때로는 심각한 수준입니다. 종교간 갈등이 도를 넘지 않도록 서로 자제해야 할 텐데 인류 역사에서 메시아(messiah)적 종교 운동은 대부분 파국으로 끝난 것을 역사가 증명해 주고 있습니다. 우리 불교의 미륵사상은 다른 차원인가요? 종교 간의 갈등이 임계점을 넘지 않도록 관심을 가져야 할 텐데 종교지도자들이 취하여야 할 방안이 있다면 무엇이라고 생각하십니까?

**성각스님** 사실 지난 2월에 불거져 나온 일부 몰지각한 스님들의 부적절한 행동으로 인하여 사회적으로 혹독한 질타를 받았는데 스님 또한 사회적 동물이라는 관점에서 바라보면 조금은 이해할 수 있다고 하겠지만 어쨌든 중생들께 실망을 끼쳐 드린 점은 깊이 반성해야 마땅하다고 생각합니다. 사실 누워서 침 뱉기에 지나지 않겠지만 더욱 혹독한 수행생활을 행하여 부처님의 존재를 인식시키고 종법과는 별개로 사회적 준법 의지를 각인시키도록 하여야 하겠습니다. 자신을 파살하는 각오로 베풀고자 하는 지고지순한 내공을 다지고 종교로서의 확실한 이정표를 제시하면서 자아를 반성하고 깊이 성찰하여야 할 일입니다. 그렇지 않고 그냥 방치한 채 손을 놓고 있으면 어느 순간 중생들의 멸시를 받게 되고 그 상황은 피할 수 없는 파멸의 나락일진대 각고의 노력을 하고 깊이 참회하고 반성하며 광명을 찾아 수도 정진해 나아가야겠다고 저 스스로부터 각오를 다집니다. 그리고 임계점에 다다른 종교간의 갈등을 언급하셨는데 더불어 살아가는 인간사의 행태를 봐서라도 화합을 추구하고, 또 상호 인정하고 존중하는 풍토 속에서 다종교 사회인 현 세태에서 서로 공존(Win Win)할 수 있는 바탕을 마련하여야 한다고 생각합니다. 과거 이스

라엘과 아랍국가간의 전쟁이나 인도 · 파키스탄의 분쟁 등이 종교 갈등의 한 징표인데 종교간의 이해 부족과 상호 존중하는 의식 부족의 결과물이 아니겠습니까? 어느날이었습니다. 부모와 함께 저의 산사를 찾은 유치원생 어린이가 느닷없이 "엄마, 아빠! 여기가 바로 마귀가 사는 궁전이랬지?" 하고 무심코 내뱉는 말에 큰 충격을 받은 적이 있었습니다. 사실 아이가 무얼 알겠습니까? 의식 없는 부모들이 문제지요. 어쨌든 중생들의 의식부터가 타종교를 인정하고 상호 존중하는 풍토가 조성되어야 한다고 생각합니다.

**장봉호** 오로지 먹물 하나에 빛을 머금고 세상의 모든 번뇌를 붓에 담아 원으로 표출하시는 스님. 이승에서의 삶의 유한성과 불타의 오묘한 진리가 스며 있는 시공의 영원성은 과연 무엇으로 연결되어 있으며 그 진리는 어디에 내재되어 있는지 결론으로 생각하고 간단하게 말씀해 주시겠습니까? 그리고 마지막으로 특별한 소망이 있다면 이 자리를 빌어 밝혀 주시죠.

**성각스님** 원이 무엇이겠습니까? 하나의 점에 선으로 연결하며 무한의 세계를 표출하는 것인데, 간단합니다. 부처님의 마음이 바로 원이라 생각합니다. 이 원(圓)이야말로 성불(成佛)입니다. 제가 제 선화의 핵심인 원을 그리며 웃음을 담고 행복을 추구하는 것이 바로 중생들에게 부처님의 가피(加被)를 전달하는 묘약(妙藥)이라 생각하고 앞으로도 계속 또 다른 원을 그려 나갈 것입니다. 내년 상반기에도 전시회가 예정되어 있습니다. 참 특별한 소망이 있다면 밝혀 달라고 하셨는데 속세의 인연으로 태어난 남해 창선 생가터를 확충하여 작품 전시관을 세워 상시 제 그림을 전시할 수 있는 공간으로 활용하여 많은 불자들이 탐방토록 하고 싶습니다. 이 자리를 빌어 행정당국과 불자들의 많은 관심 부탁 드립니다. 감사합니다.

# 지안스님을 만나다

– 이 시대 한국 불교의 대표적인 학승이며 선시의 대가

*본고는 『한국불교문학』(2013년 봄호, 제28호)에 특별기획으로 게재한 통도사 반야암의 지안스님과의 인터뷰 기사이다.

장봉호 반갑습니다. 스님께서는 이 시대 한국 불교의 대표적인 학승으로서 조계종 교육원 고시위원 및 역경위원장을 역임하셨고, 35년여 간 교학 연구와 후학 양성에 매진하시어 불가를 떠나 우리나라 전체

에 최고의 학승으로 널리 회자되고 있는데, 이렇게 직접 만나 뵙게 되어 영광입니다. 그리고 평소 불교와 관련하여 궁금한 것이 꽤 많이 있었는데 최고의 권위자이신 지안스님께 직접 답변을 듣는 자리가 되는 것 같아 더 없이 고맙고 감격스럽습니다.

불교경전은 참으로 난해한 점이 많아 우리 재가불자들이 이해하는데 애로가 많습니다. 불교 발상지인 인도의 산스크리트어로 된 경전을 중국에서는 한자로, 일본에서는 일본어로 번역한 것을 다시 우리글로 번역하는 3중역으로 하여 본래의 뜻이 다소 왜곡되거나 잘못 전해지는 사례가 있는 듯합니다. 한자로 된 거의 모든 경전의 첫 문장이 '여시아문(如是我聞)' 으로 시작되는 것을 보면 각자가 듣고 해석하는 바가 다를 수도 있다고 여겨집니다. 우리 재가불자들이 가장 친근하게 접하는 경전이 바로 '반야심경' 이 아닌가 싶은데, 그중 '색불이공(色不異空) 공불이색(空不異色) 색즉시공(色卽是空) 공즉시색(空卽是色)' 에 대한 해석을 스님께 제대로 듣고 싶습니다.

**지안스님** 사실 반야심경의 이 부분만 갖고도 하루 종일 강의하고 토론해도 부족할 텐데 이해하기 쉽게 아주 간단하게 말씀드리겠습니다. 반야심경에 쓰여 있는 법문은 이 세상이 비어 있다는 공(空)사상을 말하고 있습니다. 통상 존재에 관하여 세 가지로 말할 수 있는데, 첫째 '있다' 고 말하는 '상(像)' 법문, 둘째 '없다' 고 말하는 '공(空)' 법문, 셋째 '있는 것도 아니고 없는 것도 아니다' 라고 말하는 '성(性)' 법문이 그것입니다. 사물을 떠나 인간의 생애, 곧 수명을 놓고 볼 때 시간적으로 제한을 받는 것이 분명합니다. 사물로서의 존재 자체가 영원히 있는 것이 아닙니다. 무상으로 존재의 실체가 없어지는 것입니다. 바로 '공(空)용법' 인데 '오온경어(五蘊敬語)' 인 '색수상행식(色受想行識)' 이 '무아(無我)' 임을 설하는 무아설을 강조하게 됩니다. 색불이공이라면, 색이 없는 것이 공한 것이나 이 세상에서 영원히 존재하는 것은 없습니다. 태어난 것은 반드시 죽는 것이 확실합니다. 바로 색즉시공이고 공즉시색인 것입니다. 있는 것이 없는 것으로 되는데 공간을 통하여 반야(般若)하고 지혜를 얻어야 할 듯합니다. 공불이색이라 함은 공간과 상대적 의미로서 임시로 존재함을 말하는데 불교로 하여 소통하고 해통된다는 중간사상, 성(性)용의 사상이라 하겠습니다. 사실 시간과 공간을 긍정하거나 부정하는 것은 지극히 주관적이어서 상호간에 존중하는 선이 어떻게 합리적으로 자리하느냐가 바로 불교가 추구하는 바가 아닌가 싶습니다. 그런 관점으로 접근하면 인간사 중용이 될 텐데 저절로 형성되는 가장 합리적인 선이 아니겠습니까?

장봉호 웬지 제자리를 헤매는 듯한 느낌인 것이 저로서는 한참 더 공부해야 답이 나올 듯합니다. 요즘 불교계가 너무나도 세속적으로 흘러 많은 문제점을 양산하고 있는 듯한데, 물론 지극히 일부분이겠지만 자칭 큰스님이라고 자처하며 불사를 일으켜 중생을 제도한다고 하면서 자신의 입신양명이나 꾀하는 모습이 문제를 일으켜 매스컴에서 질타를 받고 있습니다. 아첨꾼들에게 둘러싸여 신도 위에 군림하는 모습인데 마키아벨리의 《군주론》을 보면 "군주는 아첨꾼에게 둘러싸여서는 안 된다"고 강조했습니다. 현재 문제를 일으키는 이런 교단의 병폐를 근본적으로 치유할 방법은 없겠습니까?

지안스님 안타깝다는 말부터 꺼내야 되겠습니다. 다른 종교에서도 말하지만 말법(末法)운세라 하여 수행정신이 해이해져서 타락하고 더불어 부패하게 되는데 이 모든 것이 석가모니 부처님의 출가정신을 망각한 행태라 말하고 싶습니다. 인도의 대철학자이며 교수인 오쇼라즈니쉬는 금강경 강의에서 고타마 싯다르타를 가장 위대한 포교 활동을 한, 불교라는 종교 창시보다도 종교가 제대로 정착하고 발전할 수 있는 토대를 마련한 인류 최고의 성자라고 말해 왔습니다. 가만히 있으면 왕이 될 수 있었고 더불어 세속의 부(富)도 누릴 수 있는 왕자의 위치였지만 고행의 길, 바로 중생제도의 길을 찾아 출가하였던 것입니다. 그런데 일부 몰지각한 종교 지도자가 오탁악세(五濁惡世)의 말법운세 때문에 세속에 휩싸여 명예나 추구하고 부에 욕심을 내는데 세간의 문제를 초월하는 석가모니 부처의 출가정신을 받들어 깊이 반성하여야 할 일입니다. 사실 정치, 경제, 사회, 문화 등 모든 분야에서 도미노현상으로 부패하고 타락하는 것이 현실인데 이러한 환경에서 종교의 순수성도 일부 퇴색된 것이 아닌가 싶습니다. 어쨌든 출가정신이 실종되어 매우 안타까운 심정이고, 어서 비본질적인 것을 버리고 본질적인 것을 추구하는 새로운 부처님(역할자)이 혁명가처럼 등장하길 희망합니다. 바로 시대가 갈구하고 기다리는 바일지도 모르겠습니다만 저 자신이 불교를 논할 때 현실 비판을 해야 하는데 공통적인 시대의 아픔이라 비판하는 것을 가급적 삼가고 있습니다. 불교경전에도 스님이 스님을 칭찬할 때 불교가 융성한다는 말이 있듯 정법(正法)과 사법(邪法)을 논할 때는 정법을 우선하지만 인간 세상을 논할 때는 전체를 조화 통일시켜 끌고 갈 수 있는 리더십을 발휘할 원력보살이 나타나기를 바라는 바입니다. 사실 우리나라 전체 스님 12,500명중 90~95%는 올바른 스님임을 알아주시면 고맙겠습니다.

**장봉호** 우리 불교 종단에서 수많은 승려들이 해탈을 위해 정진하고 중생제도를 위해 헌신하는 것을 많이 보아왔습니다. 지안스님을 뵈올 적마다 잔잔한 미소에 인연서체가 듬뿍 담겨 있어 향기 나는 듯 기분이 좋습니다. 심오한 교리 연구와 강연으로 자타가 공인하는 한국

불교 최고의 학승이신데 왜 학자의 길로 나서지 않으셨는지도 궁금합니다. 스님께 특별한 출가의 변이 있으면 말씀해 주시겠습니까?

**지안스님** 20대 초반에 불우한 시절이 있었습니다. 정신적인 돌파구가 필요하여 어디 조용한 곳에 틀어박혀 공부나 실컷 하고 싶었는데, 과거 통도사의 행자가 되어 달라고 했던 어느 선배가 절간에서 공부할 수 있는 길이 있다고 권해서 24세 때 통도사로 들어오게 되었습니다. 그런데 사찰 분위기가 어찌나 제 마음 깊숙이 파고들었던지 그날 당장 사행스님께 스님이 되려면 어떻게 하면 되느냐고 물었고, 원주스님을 통해 바로 행자실로 안내되었습니다. 하룻밤 자고 나니 그때가 12월 중순이라 꽤나 쌀쌀했었는데 법당에서 80여 명이 예불을 하고 있는 모습이, 그 무엇인가를 갈망하는 인간 본연의 모습들이 너무나도 감동적으로 다가와 눈물을 주체할 수 없을 정도로 쏟아냈습니다. 영혼을 감동시켰다고나 할까요. 내가 갈 길은 바로 이 길이라고 다시금 확고하게 결심하고는 갖고 간 책 몇 권을 불태워 버렸습니다. 그리고 원주스님이 갖다 준 '천수경' 정법전을 열흘만에 외워 버렸습니다. 제가 하동 출신인데 초등학교 5학년 때 부산에 열차 타고 가면서 어느 분이 보여줬던 만화책 내용이 제 뇌리를 떠나지 않을 정도로 감동을 주었는데 주인공이 외우던 주문이 '수리수리마수리, 수리수리사바하' 였습니다. 그런데 바로 천수경 첫 구절이 '수리수리마수리' 로 시작되니 얼마나 재미있었겠습니까? 경전도 재미있게 반복해서 읽으니까 열흘 만에 그 긴 내용이 외워집디다.

**장봉호** 그러니까 공부하러 들어오셨다가 그 길로 불교에 입문하게 되셨군요. 불교는 초월 명상수련으로 한국인에게 이상세계인 불국정토를 꿈꾸게 해 온 것으로 알고 있습니다. 중생의 온갖 번민과 고뇌는 백팔번뇌로 통칭되는데 이 백팔번뇌를 극복하려면 어떻게 수련해야 되겠습니까?

**지안스님** 자아를 지배하고 괴롭게 할 때 번뇌가 생기는데 극복한다는 그것이 문제죠. 번뇌를 이기는 관점에서 소승불교와 대승불교가 좀 다르긴 하지만 백화점에 비유하면 쉽게 이해하시리라 봅니다. 참으로 아름답고 구매욕구가 일어나는 물건이 지천으로 널려 있는 백화점에서 돈이 없어 못 살 때 괴로워지는 마음에서 번뇌가 생기는데 그 마음을 비우는 것이 바로 극복이라 말할 수 있겠습니다. 마음을 비우는 것이 극복이면서 수련이 될 텐데 '육근육진(六根六塵)' 이라 하여 육식(六識)을 낳는 여섯 가지 근원으로 안(眼), 이(耳), 비(鼻), 설(舌), 신(身), 의(意)가 곧 육근이며, 육식의 대상계(對象界)로서 인간의 심성을 더럽히는 색(色), 성(聲), 향(香), 미(味), 촉(觸), 법(法) 등 여섯 가지 욕정이 바로 육진이 됩니다. 이 여섯 가지 감각에 따른 각각의 대상계로서 여섯 가지의 욕정이 작용하여 36가지 '호오평등(好惡平等)' 의 분별심을 유도하고 '고락사(苦樂赦)' 의 3수작용을 거치면서 결국 108번뇌가 되는데…. 감정에 지배되지 않고 초연해지는 상태가 분별심을 찾은 상태입니다. 그러니까 분별심을 찾으려면 마음을 비워야 되고 마음을 비우는 것이 곧 백팔번뇌를 극복하는 것이 아니겠습니까? 요즘 세계불교계의 상징적 인물로 등장하며 유명해진 베트남 출신 틱낫한스님은 마음을 읽는 관심공부로 번뇌는 극복된다고 설하십니다. 역시 마음을 다스리는 것이 백팔번뇌를 극복하는 것이라고 본 것입니다.

**장봉호** 근대종교가 고난과 역경, 전쟁과 폭력 등 한계상황의 한복판에서 창발되었다면, 종교로 야기된 오늘의 갈등 국면 역시 탐진치의 삼독에 빠져 스스로를 정화할 수 있는 힘을 상실한 것이 아닌가 생각합니다. 스님께서 생각하는 극복의 방법이 있다면 밝혀 주십시오.

**지안스님** 앞에서도 말씀드렸듯이 시대가 요청하는 모범답안이 있다면 부조리나 도덕적 타락이 극복되었을 텐데, 대립 측면에서 해결책이란 것이 필요악도 존재하게 한다는 것이 문제입니다. 화엄사상이 조화통일을 대변하듯이 나에게 관련한 장애를 없애자고 상대방과 부딪치지 말아야 할 것입니다. 빛은 부딪치지 않습니다. 오탁악세를 말했듯 자정능력 또한 거듭날 것입니다. 시대가 망하려면 종교가 먼저 타락합니다. 종교가 돈에 중독되면 물을 빨아들이는 스펀지처럼 돈을 강력하게 빨아들이고, 다시 세균 번식하듯이 사회가 감염되고 병들어 결국 망하게 됩니다. 이제 인간성을 회복시키자는 관점에서 화엄사상을 일깨우고 다시금 조화로운 사회로 자정되기를 바랄 뿐입니다.

**장봉호** 스님께서는 종립 승가대학을 오랫동안 운영하시며 재가불자들의 불교교육에 앞장서 오셨습니다. 또 수많은 저서도 상재하셨고 탐구하시는 바가 많으실 텐데 앞으로의 계획도 남다르게 느껴집니다. 그리고 불교 경전의 난해한 해석으로 하여 일반 중생들이 어려움을 겪고 있는데 불경의 한글화 추진은 잘 되고 있는지 궁금합니다.

**지안스님** 종립 승가대학에서 10년간 매주 6시간씩 불교 관련 논서를 강의하며 승가교육 분야를 관여해 왔고, 20년 전부터는 재가불자들과 함께 경전 원서를 공부하며 불교 이해의 폭과 차원을 높이고 있습니다. 아는 만큼 보인다는 말을 실감하게 되는데 이곳 반야암에서 40명 정도의 지식인과 함께 경전 원서를 공부하는 것이 매우 보람되고 즐겁습니다. 그리고 경전의 한글화에 대하여 질문하셨는데 현재 불경의 한글화가 상당 부분 진행되어 있습니다. 역경사업으로서 한글화는 꽤 오래 돼서 '한글대장경' 은 이미 완역되어 장충체육관에서 기념법회도 연 바 있습니다. 그런데 역시 번역이 미흡하여 보급은 제대로 안 된 상태입니다. 시대정신에 맞는 언어 선택이 문제인데 이런 관점에서 문학이 역할을 하여야 한다고 생각합니다. 불경도 위대한 문학 작품입니다. 역자의 문학적 소양이나 문장 수사력도 업그레이드되어야 합니다. 불자, 아니 독자들로 하여금 잘 읽혀지고 잘 받아들여지도록 문학적 가치가 충분히 살아나도록 번역이 잘 되어야 합니다.

장봉호 법화경이 바로 시라는 말이 실감됩니다. 불경을 시 감상하듯 읽을 수 있다면 대단한 성과가 생길 것으로 기대됩니다. 다양한 가치체계와 삶의 양식을 논할 때 타종교와의 친화성과 개방성에 있어 불교야말로 현대사회에 가장 잘 어울리는 종교가 아닌가 싶습니다. 일부 몰지각한 승려들의 타락한 행태가 매스컴에 오르내리면서 불자들 간에도 승려에 대한 거부감이 나타나고 있는데 스님께서는 승단의 자구책이라든가 우리 한국 불교의 실상에 대해서 어떻게 생각하십니까?

지안스님 난감한 질문이신데 앞에서도 말씀드렸듯이 극히 일부분의 승려들이 물의를 일으키고 있음을 혜량해 주시기 바라면서 조심스럽게 의견을 개진해 볼까 합니다. 말법시대의 사람들에게 읽히고 싶은 경전으로 '지장신문경' 을 권합니다. 바로 현상을 이해하게 하자는 내용인데, 예컨대 횃불이 증오의 대상이라 할지라도 외면의 대상은 아닐 것입니다. 일부 승려들이 타락하여 물의를 일으켰을 때 증오의 대상이 되겠지만 불교 자체가 외면되어서는 안 되겠다는 것입니다. 한상덕 교수는 불교도 변증법적으로 말해 문제가 생기면 자정의 과정을 거치고 교리를 초월하여 대승의 차원에서 시비가 없어지고 다시 본연의 불교로 복귀한다고 말했는데 자정을 못하면 자멸하게 됨을 불자 모두가 명심해야 되겠습니다. 정인(正人)이 정법(正法)을 말할 때 정법이지만 사인(邪人)이 정법을 말할 때는 사법(邪法)인 것입니다. 현실은 이상과 항상 괴리가 있습니다. 이제 중생의 마음을 어루만져 줘야 합니다. 대승기신론에 있어서도 답은 중생의 마음입니다. 마음이 법이라 생각하고 마음을 움직이면 해결 못할 사안이 없다고 봅니다.

장봉호 스님에게 불교를 들으려니 시간가는 줄 모르겠습니다. 벌써 네 시간 이상 공부한 것 같은데 밤이 깊어 오늘은 이만 줄이고 다음을 기약해야 되겠습니다. 장시간 시간 내주셔서 감사합니다. 건강관리 잘 하시길 축원하며 다음 기회에 더욱 알찬 가르침을 기대하겠습니다.

**지안스님**은 통도사에서 벽안스님을 은사로 출가하여, 통도사 강원 강주를 비롯해 조계종 교육원 고시위원 및 역경위원장을 역임했으며, 35년여간 교학 연구와 후학 양성에 힘써 왔다. 특히 조계종 종립 승가대학원장으로 승가교육에 매진해 왔으며, 반야불교학당과 반야경전교실을 개설하여 많은 재가불자를 위한 교학 교육에도 앞장서고 있다. 저서로는 《기신론 강의》《신심명 강의》《기초경전해설》《보현행원품 강의》《학의 다리는 길고 오리 다리는 짧다》 등과 역서로 《대반니원경》《대승기신론강해》 등이 있다.

# 능원스님을 만나다

– 시대정신, 실천하는 불교의 표상

*본고는 『한국불교문학』(2016년 여름호, 제35호)에 특별기획으로 게재한 남해 보리암 능원스님과의 인터뷰 기사이다.

남해 금산 보리암은 대한민국의 명산에 명사찰로 자리매김한 이름인데 그 속에 함축되어 풍겨오는 묵직한 의미로 해서 경이로움이 앞서는 산과 절이다. 새로운 왕조가 터전을 잡기 위해 지맥 따라 지령을 찾아 내려와서는 새 왕조 창업의 천명을 받아 신탁의 자리에 오름을 널리 알려야 할 당위성으로 하여 보광산에서 금산으로 개명해야 했던 조선왕조 태조 이성계 신화를 간직한 채 차분히 자리 잡고 있는 그 웅혼함으로 해서 한반도 남녘을 더욱 장엄하게 발하는 민족의 영산 금산.

바다 멀리 불교의 발상지 인도 아유타국으로부터 도래한 뱃길이 끝없이 펼쳐진 남지나해의 푸른 바다를 조망하며 이곳에 대자 대비한 부처님을 모신 한국 제일의 임해도량으로 지혜의 도량인 보리암(菩提庵). 근접하는 것만으로도 법열을 느끼며 심신(深信)의 신자는 가슴을 울리는 전율과 함께 신비로움에 젖어들고, 이곳을 찾는 수많은 재가불자들의 가슴에 붓다는 푸근한 미소를 잔잔하게 보내고 있다. 필경 대자대비하신 부처님이 계신 극락세계를 희구하는 중생들의 발걸음이 부절여류함은 우연의 소치가 아니고 진정 하늘의 뜻이리라.

주변 금산 38경마다의 조화로움이 선경을 자아내며 부처님의 안온한 체취를 느끼게 하는 경관이다. 특히 산정에 우뚝 선 부소암(扶蘇岩)의 형상이 호산(虎山)을 닮아 호산암이라 명명하여 그 위용에 답하고자 한다. 인걸의 부침이 예사롭지 않아 새로운 인걸이 어딘가에서 태동하고 있으리라 믿어보면서….

북극점에서 바라보면 동서남북 어디를 보아도 남쪽이듯이 보리암 앞에 세워진 '보리암전 삼층석탑' 역시 예사롭지 않다. 경남 유형문화재 제74호로 수로왕비인 허 태후가 인도에서 가져온 파사석(婆娑石)으로 조각하고 부처님의 사리를 봉안하여 원효대사가 세운 탑으로 전해져 오는데 탑신에 지남철을 갖다놓아도 방향 감각을 잃고 제 기능을 작동하지 못하는 신비로움이 나타나 경이롭기까지 하다.

한국 3대 해수관음 기도도량으로 유명한 이곳 보리암에 불심 깊은 능원스님이 오시어 불교 중흥을 위해 헌신하고 계시다. 평소 능원스님의 참된 원력이 영글어 이곳 불교성지에 오신 것은 상식적이고 원칙적인 교리에 충실하여 오히려 비범해 보이기 때문이 아닌가 생각된다.

만물이 새롭게 소생하는 계절에 만나뵙고 비범하신 교리의 설파와 법문을 경청하고 본 지면에 정리하여 싣는다. 독자들께 일독을 권한다.

(장봉호 記)

**장봉호** 명산에 명인이 거한다고 들었습니다. 또 사람이 어떤 뜻을 세우는 데에는 그만한 사유가 있다고 봅니다. 특히 세속을 등지고 불가에 귀의하는 출가는 참으로 고뇌의 큰 뜻을 갖고 결심하여야 할 것으로 아는데 스님께서 출가하신 배경과 특별한 연이 있으시면 말씀해 주십시오.

**능원스님** 여타의 스님과 인터뷰할 때마다 늘 등장하는 질문일 텐데 사실 제가 출가한 배경에는 특별한 연이랄 것이 없습니다. 출가 당시에 저는 고뇌의 큰 뜻을 설정하지도 않았고 철학적 사유의 세계에서 중생을 제도하겠다는 거창한 뜻도 갖고 있지 않았습니다. 당시의 힘든 현실을 타파하는 방법으로 출가를 택했습니다.

**장봉호** 불상은 불교 최고의 경지인 깨달음을 표현한다고 합니다. 특히 금동미륵보살반가사유상이 대표하는 금동불상은 우리 불교 예술, 나아가 불교문화에서 어떤 의미를 지니고 있으며, 특히 이곳 보리암에 모신 부처님의 음덕은 무엇이라 생각하십니까?

**능원스님** 글쎄요. 말씀대로 불교는 기본적으로 깨달음의 종교이지만 구원의 종교 측면도 동시에 지니고 있습니다. 불교 수행자들은 깨달음에 이르기 위해 어려운 수행에 힘쓰지만 대부분의 중생은 번뇌에서 벗어나기 위해 부처님이나 보살의 도움을 받으려고 합니다. 말씀하신 금동미륵보살반가사유상은 삼국시대에 미륵사상을 담아 제작된 불상으로서 우리나라 국보로도 대단한 가치를 지니고 있는데, 얼굴에서 느끼는 잔잔한 미소는 깊은 사색에 잠겨 있는 종교적인 평온함을 주면서도 신비로운 느낌을 주지 않습니까? 하지만 이곳 남해 보리암은 강원도 낙산사 홍련암, 강화도 보문사와 함께 우리나라 관음신앙의 3대 성지로 유명한 기도도량입니다. 그래서 금동불상보다 해수관음보살상이 더 유명합니다. 게다가 부처님의 음덕으로 누구든지 보리암에서 간절하게 기도하면 한 가지 소원은 반드시 들어주는 영험하고 자비스런 기도도량으로 소문난 사찰입니다.

**장봉호** 우리가 살고 있는 21세기는 불확실성과 혼돈(混沌)의 시대라고 합니다. 이럴 때일수록 긍정의 미학을 가지고 바른 교리를 추구하는 정도로 가는 희망과 용기를 잃지 말아야 한다고 보는데 스님께서 추구하고 기원하는 사바세계의 덕목은 무엇입니까?

**능원스님** 참으로 어려운 질문이신데 앞서 말씀 드린 대로 요즘 살기가 매우 어려운 것이 현실입니다. 특히 복잡다단한 사회 구조 속에서 불확실성은 더욱 증폭될 수밖에 없을 테고 그래서 혼돈의 시대라고 일컫는지는 모르겠지만 긍정의 미학을 갖고 바른 깨달음을 추구하겠다는 희망과 용기가 과연 존재하는지도 의심스럽습니다. 이런 상황에서 제가 추구하는 사바세계의 덕목을 물으셨는데 굳이 말씀드리자면, 이곳 보리암에서의 경험을 토대로 불교가 지역과 함께 하지 못한다면 머지않아 쇠락할 수밖에 없다는 생각이고 주지실 문턱도 높아서는 안 되겠다는 생각입니다. 저는 법회에서 30분 정도 법문하기 위해 2시간 정도 준비를 합니다. 법문을 잘하고 못하고는 어쩔 수 없는 것이겠지만 준비 안 하고 왔다는 소리는 듣기가 매우 싫기 때문입니다. 더군다나 보리암 도량에는 수많은 등산객들이 오가면서 법문도 듣는데 무슨 소리하는지 모르겠다면 곤란하지 않겠습니까.

**장봉호** 현재 한국불교를 지탱하고 있는 계층을 보면, 4월 초파일이나 대학 수험일 전후에 산사에 모여드는 인파의 대중이 여신도들입니다. 이렇게 불교신도의 주축을 이루고 있는 여신도의 존재가치는 불교가 일상 속으로 뿌리내리고 전파되는 과정에서 적극적으로 헌신하지만 정당한 평가를 받지 못하고 기복신앙의 범주에서 맴돈 결과가 아닌가 싶습니다. 초기 불교시대 붓다가 칭송한 으뜸 제자는 여성이 대부분이라고 기록되어 있습니다. 붓다는 남녀평등을 가르치지 않았습니까? 스님께서는 어떻게 생각하시는지요?

**능원스님** 제 생각으로 제한할 것 없이 남녀평등을 떠나 사회 구조적으로 생계문제 때문에 남성이 불교에 심취하기는 쉽지 않을 것입니다.

여타의 종교도 마찬가지이겠지만 기복의 성향을 띠고 생겨나 그 기복의 여백을 채워온 것이 종교이고 보면 오늘날 대학 수능일에 성시를 이루는 것은 지극히 당연한 결과가 아닐까 생각해 봅니다. 그리고 부처님 제자들의 성별을 논하는 것보다 종교는 그 자체가 남녀평등을 기본으로 하기 때문에 이 자리에서 특별히 논할 필요는 없다고 생각합니다.

**장봉호** 조금은 우문을 드리면서 현답을 기대합니다. 불교의 최초 경전인 '숫타니 파타' 는 '아무 때나 잠자고 게으르고, 걸핏하면 화내는 사람이 있다. 이것이 파멸의 문' 이라고 했는데 스님께서는 최초에 입문하시어 수마(睡魔)를 어떻게 극복했습니까?

**능원스님** 글쎄요. 저는 졸리면 잡니다. 그리고 출가 초기부터 현재까지 특별히 잠 때문에 견디기 어려운 상황은 없었던 것 같습니다. 적당히 긴장하고 적당히 활동하면 육신은 특별히 힘들어하지 않습니다. 저 자신이 승으로서 승의 본분에 충실하려 하니까 육신은 승의 시계에 따라 그대로 작동해 왔다고나 할까요. 하지만 일반 불자들의 경우, 수마는 물론 번뇌 망상이 자신도 모르는 사이에 찾아와 기도정진을 방해하기 마련이라서 이곳 보리암에서는 밤11시부터 새벽1시까지 2시간 동안 법당을 찾아 불자들과 함께 정근(精勤)하는 자시기도를 올려 봤습니다. 그랬더니 전국에 산재해 있는 불자들이 언제든지 보리암을 찾아 24시간 철야정진하며 불심을 증장(增長)하는 것이 아니겠습니까?

**장봉호** 2,500년 이상을 살아 숨쉰 우리 불교 경전은 쌓인 무게가 상당하기 때문에 우리 재가불자들이 읽고 감내하기가 힘듭니다. 스님께서 혹시 중생이 쉽게 다가가는 길을 모색하여 가르칠 방도를 갖고 계시지 않으신지요?

**능원스님** 사실 저 개인보다는 불교계 전체의 오랜 숙제이면서 숙원사업이었는데, 현재 모든 불경이 한글로 번역된 걸로 알고 있습니다. 하지만 그 양이 방대하여 일반인들이 모두 숙지한다는 것은 매우 요원하기만 한데, 굳이 재가불자들이 그 엄청난 불교경전을 섭렵할 필요가 있겠느냐는 것입니다. 저로서는 자비심을 갖고 이타의 길을 갈 수 있도록 조언만 할 수 있으면 되지 않을까 싶습니다.

**장봉호** 우리나라 불교 전래는 고구려 소수림왕 2년(불기 916년, 서기 372년)으로 기록되어 있습니다. 그러나 북방으로부터 전해 내려온 것보다 이곳 남해안 지역은 인도 아유타국과 뱃길이 열려 남방불교가 먼저 전래되었다고 보는데 스님의 견해가 궁금합니다.

**능원스님** 제 견해가 사료적으로 어떤 가치를 지닐지는 모르겠지만 역사적인 사실보다는 제 사견임을 전제로 이곳 보리암의 유래를 살펴 말씀드리자면 적어도 이곳 보리암에서만은 남방불교가 먼저 전래되지 않았나 싶습니다. 보리암의 사찰 연기설화에 가락국의 김수로왕이 왕비로 맞아들인 인도 중부 아유타국의 허황옥 공주와 함께 배를 타고 온 장유선사가 세웠다고 하는 설화가 있습니다. 장유선사는 허황옥 공주의 삼촌인데 중인도의 아유타국 공주가 허씨 성을 가지게 된 것은 이 아유타국이 멸망하여 인도와 인접해 있는 중국으로 옮겨와 있을 때, 중국 땅에서 태어났기 때문일 것이라는 추측입니다. 김수로왕과 허황옥 공주 사이에서 열 왕자가 태어났는데 그중 일곱 왕자를 장유선사가 데리고 출가했다고 전해집니다. 일곱 왕자를 데리고 출가한 장유선사가 거쳐 간 곳은 영남일대에 많이 있는데 김해의 장유암은 그 확실한 사적지이고, 가야산과 지리산의 칠불사가 모두 장유선사의 유적으로 전해지고 있습니다. 그런데 그 장유선사가 처음 찾아든 곳이 가락국이 자리 잡고 있는 김해에서 멀지 않은 이곳 금산 보리암이라고 합니다. 장유선사는 금산의 천태만상의 변화에 매혹되어 보리암에 터를 잡아 아유타국에서 모시고 온 관세음보살을 모셨는데 지금의 관세음보살이 바로 그때의 관세음보살이라는 것입니다. 이런 설화를 근거로 장유선사의 생존시인 서기 100년을 전후해서 이곳 남해에 보리암이 세워지고 불교 또한 이때 전해지지 않았나 싶습니다.

**장봉호** 끝으로 우리 불교의 최대 난맥상은 신도들이 기복신앙에 젖어 사찰과 스님을 찾아오는 경향이 두드러지다고 할 수 있는데 사회 변화의 숨은 동력인 '합리성 패러다임' 의 보완 역할을 스님께서 모색하여 이곳을 찾는 신도들에게 참다운 교리로 정화시키는 방안을 갖고 계신지요?

**능원스님** 사실 종교는 종교로서 존재하는 것이 제일 합당하다는 생각입니다. 신도들이 기복신앙에 젖어 사찰을 찾는 것이 이 시대의 최대 난맥상이라고 하셨는데 난맥상이 아니라 종교 소비자로서 어쩌면 당연한 귀결이 아닌가 싶습니다. 종교는 철학을 떠나 생활 깊숙이 정착하는 것이 종교 본연의 가치를 발하는 것이라고 본다면 더 이상의 참다운 교리를 찾아 정화시킨다는 것이 오히려 시대를 역행하는 발상이 아니겠습니까?

**장봉호** 장시간 참으로 수고 많이 하셨습니다. 감사합니다.

# 해오름예술촌 정금호 촌장을 만나다

- 세월을 반추하는 낡음의 미학

*본고는 『한국불교문학』(2014년 가을호, 제31호)에 특별기획으로 게재한 남해 해오름예술촌 정금호 촌장과의 인터뷰 기사이다.

근대화의 격랑 속에서 빚어진 이농현상으로 인구의 절대 감소가 초래되고 그에 따라 문을 닫은 폐허의 교정에서 새롭게 피어난 예술혼! 그 아기자기한 전시와 설치에서 생겨나는 예술미란 과연 무엇이며 이 시대의 미학적 관점이 어떻게 일반에게 전이되는지, 지역문화예술을 살리려는 우직한 향토예술가 정금호의 처연하면서도 굳건한 삶이 뜨거운 울림이 되어 멀리 현해탄을 넘어오는 해오름에 살진 햇살을 더한다. 아름다움을 추구하는 인류의 노력은 역사와 더불어 이어져 온 생활의 한 방편으로서 인류가 생존하는 한 영속적으로 희구해 갈 것이다. 지혜가 없는 이성, 행복 없는 쾌락이 판을 치는 오늘의 세태에서 어제보다 나은 내일을 꿈꾸며 창망한 현해탄 물결 위에 오롯이 자리한 해오름을 바라보는 정금호 촌장의 눈길에는 '이것이, 바로 이 길이 내 스스로 헤쳐 나가야 할 길이며, 내게 부여된 신탁의 인생' 이라고 굳은 신념과 함께 결연하게 각인되어 있다.

자유로운 공감과 지혜와 연대의 힘으로 자연을 벗하여 옛것을 통해 밝은 세상을 지키려는 노력은 바로 구원의 희망이 되어 이곳 해오름예술촌을 찾는 많은 사람들에게 정신적 위안을 주고 있다. 더불어 저마다 살아온 길을 한 번 되돌아보는 장소가 되기를 희구하며, 잊어지고 버려진 소품에서 배어나오는 고풍의 감각미가 주변의 정경에 잘 승화되어 차분함과 함께 군더더기 하나 없는 절제된 예술성이 더욱 빛을 발하여 지적 호기심을 깨뜨리지 않고 살아가는 모든 이들에게 가볼 만한 곳으로 각인되길 바란다.

비록 자그마하고 단출한 공간이지만 가슴에 와 닿는 울림은 매우 크고 장엄하다. 잊고 지나온 옛것들에 대한 그리운 정경이 이제 와서 아름답게 자리 잡는 것은 우리 모두가 변해 가고 있기 때문이 아니겠는가? 이곳을 인문학적 소양을 체득하는 터전으로 발전시키면 얻어지는 스펙 또한 더욱 빛날 수 있다는 확신을 가지고 예술의 전도사로 자처하고 나선 정금호 촌장! 단정하면서도 위엄 있게 기른 턱수염 속에 함축되어 나타난 일상의 밝은 표정은 내면의 혼란을 잠재우기 위한 강한 의지의 징표이리라.

적막한 폐교 터에서 체감하는 고요함과 쓸쓸함 뒤에서 역설적으로 아늑함을 느끼게 하는 것은 과연 무엇인가. 촌음을 다투는 변화 속에서 영원한 추억을 반추할 수 있는 고마운 터전을 마련해 준 정금호 촌장의 애틋하고 살가운 정을 가슴으로 느끼며 담아왔다, 해오름예술촌과 함께.

**장봉호** 버려지고 방치되어 있던 토속적인 물품들, 기억 저편 속에 묻혀 있던 낡은 것들을 수집하고 발굴하여 예술품으로 돈정(敦定)시킨 정금호 촌장님의 예술적 열정에 경의를 표하며 만나 뵙게 되어 매우 반갑습니다. 촌장님이 지향하는 예술관이 궁금합니다.

정금호 무엇보다 제 손을 거쳐 나온 작품들이 사람들을 행복하고 즐겁게 해 줄 수만 있다면 더 이상 바랄 바 없겠고, 그것이 제가 지향하는 저만의 예술관입니다. 그간 60여 년을 살아오면서 사진, 도예, 서예, 다도, 장승, 건축, 조경, 천연염색 등 참으로 다양한 장르를 넘나들며 자아도취의 경지에 빠져들었다고 하겠는데 지금의 상황이 매우 행복하다고 느끼며 살고 있습니다. 그런데 예술가로서 자기만의 도취가 아니라 보고 듣고 감상하는 일반 사람들로 하여금 같이 느끼고 즐기며 행복함을 공유할 수 있을 때 예술 본연의 의미와 가치가 있다고 생각합니다. 보편성으로 한정된 예술만이 아닌 삶의 주위에 있는 모든 것들이 예술의 대상이 된다는 입장인데, 어쩌면 우리네 삶 자체가 최고의 예술이 아닌가 싶습니다.

장봉호 이곳 남해는 산자수명한 고장으로 화전이란 별칭으로 널리 알려진 문화의 고장입니다. 특별히 현해탄 검푸른 파도가 조망되는 이 언덕에 해오름예술촌을 설립하게 된 동기를 밝혀 주시겠습니까?

정금호 이곳 고향땅에 거주하고 있었으면서 사실 6년간이나 이곳이 학교였는지도 모를 정도로 을씨년스럽게 방치되어 잡초와 쓰레기들로 뒤덮여 있던 옛 물건초등학교를 보고 무엇인가 꼭 해야 되겠다는 생각을 하게 되었습니다. 당시 한국장승진흥협회 회장 시절이었는데 문화예술이 척박한 고향에 무엇인가 의미 있는 일을 하고자 추진하던 중이었습니다. 특별한 동기라 할 것도 없이 마침 쓰레기더미에 처연하게 버려져 있던 폐교를 불하 받아 새롭게 복원시키고 아이들이 뛰어노는 자리로 단장시켜야겠다고 생각했습니다. 그와 함께 그동안 예술계에 몸담아 왔던 경험을 되살려 예술과 관련된 공간을 만들어 지역 예술인들도 발굴하여 전시도 돕고, 지역민들이 여가시간을 즐길 수 있는 문화예술 쉼터로 만들어 주고 싶었습니다.

장봉호 이곳에 해오름예술촌을 설립할 당시 예술적 토양이 정착되기 전이라 행정적으로나 제도적으로 애로사항이 많았으리라 사료됩니다. 평소 촌장님이 쓰신 기행문이나 소신 있는 기고문을 신문과 잡지를 통해서 읽은 바가 있습니다. 문학적 자질이 풍부하여 촌장님이 지닌 시적 상상력이 법적 경직성을 극복하고 비로소 온전한 정의를 세웠다고 봅니다. 설립 과정에서 겪었던 애로사항이 궁금합니다.

정금호 폐교활용이라는 한계성도 있었지만 민간이 군 재산을 활용하는 차원에서 이 지역에서는 처음으로 시행하는 사업이라 군청에서는 기획 자체를 이해하지 못했고 사업성 자체를 인정해 주지 않았습니다. 당시 문화예술과 관광산업을 접목한 장소가 전국적으로도 없던 터라 예술촌이라는 개념을 모르는 공무원들이 사업 추진을 상당히 주저하는 것이었습니다. 심지어 자신들은 예술촌을 본 적이 없으니 성공사례를 제시해 보라고 했었는데 당시 제가 민간인 투자로 독일마을을 설계하고 기획하면서 생긴 저 자신에 대한 믿음으로 고집스럽게 설득해 나갔더니 비로소 허가해 주는 것이었습니다. 사실 지역주민들의 무지로 인한 비협조 속에 혼자만의 구상으로 일을 추진하다 보니 무척이나 힘들었고, 예술이라는 단어 자체마저 생소해 했던 행정과 관광효과에 무지한 지역민들에게 사업성을 이해시키는데 많은 시간을 할애했던 것이 아직도 안타깝게 기억됩니다.

장봉호 이곳 해오름예술촌을 둘러보고 느낀 점은 빛바랜 듯하면서 정감어린 세월의 미감이 한없이 따뜻하게 배어나오는 것을 느낄 수 있었습니다. 촌장님께서 지니고 있는 남다른 비결이 있는 것인지, 또 작업 과정을 밝혀 줄 수 있겠습니까?

정금호 우선 콘크리트로 덮여진 부분을 모두 뜯어내고 흙으로 채워 나갔습니다. 가급적 폐교 이전의 모습을 그대로 되살려 반세기의 역사를 간직할 수 있도록 하였습니다. 많은 예산을 들이지 않고, 물론 들일 돈도 없었지만 하나에서 열까지 모두 제 손으로 직접 만들어갔으며, 얻어오고 주워온 재료들로 곱게 꾸미다 보니 정감이 배가되는 것 같습니다. 특히 1만 점에 이르는 전시물 수집에 관해서는 사진작가를 하면서 시골 노인들의 영정사진도 찍어 주며 함께 생활하면서 신뢰를 쌓았던 것이 큰 도움이 되었습니다. 2003년 5월 10일 드디어 개촌한 이 작은 예술촌이 복잡한 도심을 벗어나 흙냄새를 맡고 싶어 찾아온 피곤한 도시민들에게 잠시나마 힐링의 공간이 된다면 더 없이 고맙겠습니다.

장봉호 예술촌을 기획하고 설립하면서 촌장님께서 지니고 있던 예술적 소망과 포부는 무엇인지요? 개촌 후 방문객은 얼마나 됩니까?

정금호 솔직히 말하면 그 당시로서는 저 자신도 반신반의할 정도로 확신을 갖지는 못했습니다. 특별한 포부보다는 어떻게 해서든지 이렇게 풍광 좋은 곳에 버려져 있는 폐교를 문화공간으로 되살려 아름답게 가꾸어 보고 싶었고, 또 찾아오는 사람들이 진정으로 고향의 정취를 느끼며 행복해 하는 모습을 보는 것이 소망이었습니다. 지금은 연간 삼십만 정도의 관광객들이 찾아주고 있으니 대단한 실적인데 이렇게 되리라고는 처음엔 전혀 생각도 못한 사실입니다. 무엇보다 2006년도 문화관광체육부에서 중고등학교 수학여행지로 지정한 유일한 곳이라서 가슴 뿌듯합니다.

장봉호 역사가 잠겨 있는 토속문화재를 전시하며 가꾸는 데는 결코 소멸시효가 없다고 보는데 앞으로 지속적인 보존 의향과 그에 따르는 계획을 말씀해 주시겠습니까?

정금호 지속적인 보존 계획에 대해서는 저도 확답을 할 수 없을 것 같습니다. 재정적인 지원이 전혀 없는 상태로 십여 년 동안 운영해 오면서 쌓여가는 적자로 인해 과연 언제까지 이렇게나마 보존해 나갈 수 있을지 저로서는 장담할 수 없는 실정입니다. 저 자신 언젠가는 부처님께 돌아가야 하는데 인연 따라 가는 길에 특별한 계획이나 보존에 관한 의지는 무의미하다는 생각입니다. 제가 있는 동안만이라도 제대로 관리되어 누구나 여기 오면 참으로 행복하다고 느끼면서 삶의 정감과 함께 역사유물을 함께 접하는 자리로 존재한다면 더 없이 고맙겠습니다.

**장봉호** 지정학적으로 외진 이곳에 큰 뜻으로 터를 잡아 이젠 고적하나 표표하게 빛이 찬연히 빛나고 있습니다. 이 점 경하 드리면서 우리나라 예술촌의 장래와 비전은 어떻게 전망하시는지 궁금합니다.

**정금호** 이렇게 폐교를 활용한 예술촌이 경상남도에 27개가 있고 제가 그 모임인 경상남도 예술촌연합회 회장을 역임하면서 늘상 느껴온 것은 이러한 예술촌들이 제대로 운영되고 활성화 될 수 있으려면 먼저 법적 제도적 여건이 마련되어야 하고 운영하는 개개인들의 헌신적인 노력과 지역민들과의 유대가 절대적으로 필요하다는 생각입니다. 사실 이곳만 2007년에 매입이 된 상태이고 나머지 26개 예술촌은 3년 임대 형식으로 운영되고 있는데 연간 3 · 4천만 원 정도 지원을 받고는 있지만 잔디 하나 마음대로 심을 수 없는 체제로 운영되고 있어 임대기간이 지나면 언제라도 지자체의 요구에 따라 임대해지될 수 있는 데다 원상 복구하라는 조항이 있어 마음껏 예술 활동을 할 수 있는 여건이 못 됩니다. 모두가 열악한 환경 속에서 허우적거리다 보니 문화예술에 대한 전념보다는 살아남기 위한 방편에만 힘쓰고 있는 형편이고 그래서 전망 또한 매우 불투명한 상태입니다.

**장봉호** 쇠락해 가는 옛것의 복원을 위한 촌장님의 열정의 진수를 읽을 수 있어 든든한 마음입니다. 비범함이 묻혀 있는 역사의 장에는 평범함이 숨어 있다고 했습니다. 삶의 고결함이 배어 있는 토속문화재의 발굴계획은 여하한지요?

**정금호** 저의 기본은 특별함이 아니요 평범함이며, 서두름이 아니요 느림입니다. 꼭 제가 다 해야 할 이유도 없으며, 제가 하지 못한 것은 또 인연 있는 사람이 하면 된다고 생각합니다. 문화재 발굴과 관련해서는 특별한 계획보다도 사람들과의 만남을 통해 여태껏 그래왔듯이 억지 부리지 않고 찾아오는 인연 따라 자연스럽게 만들어 갈 생각입니다. 요즈음에는 방문한 바 있는 분들이 소장하던 문화예술품들을 기꺼이 기증하는 경우가 참 많습니다. 이분들의 뜻을 받들어 잘 보존하는 것이 저의 사명이라고 생각합니다. 방문객 중에 한 아주머니가 부처님 얘기만 하면 행복하고 재미있고 웃음이 나온다고 해서 행복하면 바로 불교라고 고맙다고 했습니다. 사실 저는 1970년대 학교 선생으로 근무하던 시절 서울 조계사 옆 견지동에 있던 한국불교대학에서 법사 자격증과 함께 학위를 받아 지금도 매월 초하루 법회에 꾸준히 참석하고 있는 불자입니다.

**장봉호** 여행은 미지의 세계에 대한 신비감과 역사의 숨결에 접목해 보는 자아의 세계관이 새롭게 태어나는 희열을 느끼게 한다고 했습니다. 촌장님은 외국 여행은 물론 특히 200회 이상 중국을 여행하며 여러 분야에 종사하는 중국인들과도 우정을 쌓은 것으로 알고 있는데 해오름예술촌과 특별한 관련이라도 있으신지요?

**정금호** 세계의 많은 곳을 돌아다니며 나름대로 열심히 공부했고 충분히 행복했습니다. 특히 중국은 한국사진작가협회 진주지부 사무국장 시절에 중국 서안과의 국제사진교류전 관계로 인연을 맺은 것이 동기가 되어 장엄한 대륙문화와 예술에 매료되었습니다. 그리고 중국 친구들과 우정을 쌓으면서 자주 왕래하게 되었으며, 서안시 문화관광국장과의 개인적인 인연으로 이곳 예술촌을 중국에 알리는 데 큰 도움이 되었습니다. 지금도 예술촌 커피마을을 운영하면서 중국에 한국의 커피문화를 체인사업화 시키는 데 매진하고 있습니다. 이곳 예술촌 경영에 있어 단체손님, 특히 아이들 체험이 최고의 수입원인데 세월호 참사 이후 모든 체험행사가 취소됐습니다. 안타깝게도 지금 상태로는 관리비 차원의 경비만 해도 천만 원 이상 적자입니다. 바로 그 적자 부분을 이들과의 사업 교류로 상당 부분 보전시키고 있습니다. 여행은 언제든지 가고 싶을 때 떠나는데 아이러니하게도 여행이 저를 있게 합니다. 특별히 중국여행을 많이 하는 것은 그들이 중화정신이라 말하는 대륙기질이 저를 잡아끕니다. '평요(朋友)' 라 하여 "당신과 내가 친구가 된 이상 '고맙다, 미안하다' 라는 말은 다시는 하지 마라" 고 하며 끝없는 신뢰를 보내주는 것이 감동적입니다. 지난 1월에는 터키 이스탄불을 다녀왔고, 2월에는 몽고 울란바토르, 3월에는 인도를 거쳐 네팔까지, 4월에는 미국과 멕시코를 여행했습니다. 소득이 있다면 중국 서안시 5박6일 신혼여행단을 유치하여 남해에서 1박2일 체류하는 일정을 담은 것입니다. 어쨌든 제 다리에 힘이 있을 때 가슴에 정감이 남아 있을 때 여행은 계속 하렵니다.

**장봉호** 이곳 남해의 자연풍광은 군 전체가 천혜의 아름다움을 지닌 경관에다 예술적 운치를 더하여 가꾸어진 터전입니다. 흩어져 있지만 예술적 가치가 있는 소품들을 모아 체계화하고 정리하여 이를 예술품으로 다듬는 정금호 촌장의 열정과 지역특성에서 오는 영기서린 지령에 힘입어 그 가치가 더욱 살아나고 있다는 생각입니다. 자기 삶에 만족하고 행복하게 살면 그게 바로 좋은 삶이 아닐까 싶은데 정금호 촌장님은 스스로 그렇게 인생관을 정리하고 사시는 것은 아닌지 묻고 싶습니다.

**정금호** 저의 인생관이라야 별 특별할 것도 없지만 굳이 말씀드린다면 환경이나 사람 관계에서 주어진 인연에 따라 순응하고 즐기며 열심히 해야 할 일이라면 기쁘게 맞이하여 그 일에 혼신을 쏟아 붓는 것입니다. 불광불급(不狂不及)이라 하여 '미치지 않고는 이루지 못한다'는 것이 제 좌우명인데 이런 마음가짐으로 제 삶을 만들어 가고 있습니다. 사람에 미치고 하늘과 땅에 미치며 자연의 이치에 미쳐서 활동하는 제 삶에 찬사를 보낼 것이며, 그 속에서 미친 사랑을 꿈꾸고 나누며 미친 열정으로 삶을 마감하고 싶을 뿐입니다.

**정금호**

*남해문화관광의 비단호랑이(錦虎), 불이(不二) 정금호 해오름예술촌장은 본인과 인터뷰한 지 1년만인 2015년 10월 20일 향년 69세를 일기로 세상을 떠났다. 평소 정금호 촌장은 탁월한 기획력과 추진력을 소유하였으며, 한 번 만난 사람도 곧장 호감을 갖게 만드는 친화력의 대가였다. 어떤 상황에서도 특유의 긍정적인 사고방식으로 일을 즐겼다. 또한 지역 곳곳의 숨은 문화예술인 발굴에 앞장섰으며 그들에게 늘 설 수 있는 무대를 마련하고 주민과 연결시키고자 노력해 왔다. 리더십이 뛰어나 남해 밖에서는 경상남도예술촌연합회 회장, 한국장승진흥협회 회장을 역임하여 전국예술인작품전시회, 한국사진작가협회전, 30여 회의 예술기획전, 20여 회의 작품초대전 등을 남해에 유치했으며, 군내에서는 해오름예술촌을 주무대로 남해바래길 초대회장, 남해군관광협의회 회장, 남해군관광발전위원회 회장 등 문화저변을 넓히는 데 노력해 왔다. 제16대 문화대상의 영예를 안기도 했던 정금호 촌장은 남해관광상품 개발과 지역내 특산품 알림에도 앞장서 왔으며 해오름예술촌 내에 커피마을을 조성하여 부가가치 높은 관광을 위해 앞장서 왔다. 삼가 고인의 명복을 빈다.

# 법창(法窓) 일등(一燈)

나는 평소 법률가에 대한 이미지가 좋은 편은 아닙니다. 너무나 차갑게 느껴져 그저 방대한 법률지식의 미적분 조합사 정도로 생각하고 지금껏 살아왔습니다. 그렇다고 피도 눈물도 없는 벌률 지상주의자로 무턱대고 비방하려는 것은 결코 아닙니다.

가장 선한 인상을 조작하면서 물밑에는 오리발로 자기 이익만을 치부하는 일부 몰지각한 법창의 모리배들을 혐오하는 것입니다.

법률의 깊은 상식 없는 평범한 소시민으로 살아오면서 느끼는 바는 거대한 실정법이 세상을 이끌고 있는 시대정신 앞에서 간혹 실정법이 양보해야 하는 경우도 있지 않은가 하는 생각이 간혹 나기도 해서 말입니다. 왜냐하면 법률에 의탁한 판결이 역사적인 오심을 낳고 죄와 벌은 반전을 잉태한 채 장구한 세월이 흐른 뒤에야 온전한 몫으로 평가받는 경우가 있기 때문입니다.

특별한 지식과 능력을 가진 자만이 알 수 있는 판결이라면 이는 보편성을 상실한 것이라고 평소 생각하고 오던 차에 작년도(2012년) 2월경

모 일간지에 연재되고 있던 〈비망록〉 범죄와의 전쟁인 양평 생매장 사건을 주의 깊게 읽고 있었습니다.

나는 그 사건의 전말을 추론하려는 것이 아니라 이 사건을 맡아 변호한 김모 변호사의 변론일지를 보며 너무도 가슴 저미는 이야기에 감동되어서입니다. 나는 그분을 잘 모릅니다. 다만 의문사 진상규명위 상임위원을 지낸 정도로 알고 있습니다. 지상에 게재된 비망록을 접하며 제일 먼저 눈에 들어온 것은 "문학과 철학에 더 관심이 많았고 지금도 술과 풍류를 즐기는 편이다"라는 글입니다.

법률의 조합사 정도로 알았던 거개의 법조인들과는 달리 그렇지도 않은 분이 계시다는 사실에 조금은 의아하고 한 편 기뻤습니다.

범죄와의 전쟁에서 양평 생매장 사건에 휘말린 그 불우한 여인의 무죄를 변호하기 위하여 동분서주하며 최선을 다했지만 법을 전공한 자로서의 양심에 반하는 재판의 결정을 보고 이토록 순진무구하게 살아온 사람이 과연 어디에 또 있을까?

"여자에게 사형을 선고한 건 도저히 말이 안 된다" 항변하면서 "이걸 재판이라고 하는 건가? 저 착하고 똑똑하고 어린 여자가 나 때문에 죽는구나"라며 변호사가 된 걸 정말로 후회한다는 것이었습니다.

어떻게 사건을 맡아 변론한 변호사가 자기 책임이라고 자탄하면서 사건의 개요를 소상히 밝히면서 그토록 괴로워 할 수 있을까?

나는 너무나도 놀라웠습니다.

얼마나 괴로웠기에 혼자 술을 그토록 하염없이 마셨습니까?

그날 밤 12시, 술에 떡이 되어 불암산에 올라 추운 줄도 모르고, 무서운 줄도 모르고, 깜깜한 산속에 퍼질러 앉아 오랫동안 목 놓아 우신 김현태 변호사님. 나도 한없이 눈물이 흘러 내렸습니다. 정의로운 당신의 눈물이 언젠가는 이 세상을 반드시 바꾸리라는 신념으로 말입니다.

어둡고 혼탁한 이 사회에 당신은 법창의 일등(一燈)이었습니다. 눈물은 자신을 위해 울지만 남을 위해서도 울 수 있는 것 아닙니까?

역사적 냉소에 순치되어 보편성을 잃은 채 그저 침묵해야 한다면, 김 변호사님 당신의 정열은 아름다운 삶을 갈망하는 인간 본성에 바탕을 둔 휴머니즘으로 살아오신 분이라고 믿습니다.

당신은 누가 굳이 괴롭히지 않아도 혼자 충분히 괴로운 사람이었습니다. 이제까지 내가 외골수로만 생각해 온 법조인들의 행태를 당신으로 해서 완전히 불식하는 계기가 되었습니다.

일반적으로 그 영향력이 너무 커서 이름만으로도 대개가 유사한 형상을 연상할 때 그 이름은 보통명사가 된다고 했습니다. 인간의 시간적 유한성을 넘어서 영원히 말입니다.

김구 선생님이 상해 임시정부의 수반으로서는 그 이름은 고유명사이지만, 영원한 조국 독립운동의 애국자로서는 역사에 일반명사로 기록될 것입니다. 김현태 님은 한국의 인권변호사로서 그 이름은 보통명사가 될 것이라 믿고 실명을 밝혀 글을 썼습니다.

김 변호사님이 살아오면서 행한 희생적인 변론들은 어떻게 보면 오지랖 넓은 처신으로 오해할 수도 있겠지만 좋은 날 오기를 기다리며 힘없고 불쌍한 약자 편에 서서 서러운 세월을 살아온 당신의 나날들을 저는 분명히 기억하겠습니다.

언젠가 꼭 변호사님을 찾아뵈었으면 합니다. 굳이 불암산이 아니더라도, 아무 말씀을 듣지 않아도, 박주 한 잔을 대접하고픈 심정입니다.

변호사님 가을이 깊어가는 불암산에 낙엽은 또 흩어져 쌓이고, 이젠 어둠이 내리겠지요.

어디 한 곳에라도 의지할 곳 없던 여인의 원혼을 위로하면서 법창(法窓) 일등(一燈)을 밝힌 당신께 머리 숙여 감사드립니다.

# 한국불교 5대 종단 개요(槪要)

*본고의 내용은 2012년 당시의 현황임

불교란 무엇인가? 우리나라에 불교가 전래한 공식적인 기록은 고구려 소수림왕 2년(불기 916, 서기 372)으로 1600년의 장구한 세월 속에 우리 민족의 대표적인 신앙으로 자리잡았다.

1. 일체개고(一切皆苦) 모든 것이 고(苦)다.
2. 제행무상(諸行無常) 모든 것이 변한다.
3. 제법무아(諸法無我) 모든 것은 실체가 없다.

대표적인 교리를 표방하며 우리의 생활 속에 깊이 자리잡아온 불교는 우리 민족 문화의 정서 속에 확실하게 불성의 DNA를 각인시켜 오늘에 이르고 있다고 해도 과언이 아니다.

장구한 세월 동안 교리의 해석과 수행방법에 이견을 보여 현재에는 100종파가 넘는 종단을 이루고 있어 많은 불자들의 의아심과 혼란을 가져오고 있는 것이 사실인 바 대표적인 5대 종단의 개요를 밝혀주는 소박한 솟대를 세우는 심정으로 재가불자들께 이해에 도움을 주고자 현 시점에서 5대 종단의 종지(宗旨)와 임원현황 등을 취재하여 방점을 찍어 내보낸다.

더불어 자료수집에 힘써 주신 불교방송국 보도국장이며 본지(한국불교문학) 수석 객원기자인 박관우 님의 도움에 감사드린다.

### 1. 대한불교 조계종

가. 종지 : 석가세존의 자각각타(自覺覺他) 각행원만(覺行圓滿)한 근본교리를 봉체하며, 직지인심 견성성불 전법도생(傳法度生)함.

*부처님의 뜻을 각자 깨달아 모든 중생들이 원만한 불법에 이르도록 함.

나. 소재지 : 서울특별시 종로구 견지동 45

다. 기구 및 임원

1) 종정 : 진재 (동화사 조실)
2) 원로회의 의장 : 밀운(봉선사 회주)
3) 총무원장 : 자승(은정불교문화원 이사장)
4) 중앙종회 의장 : 향적(능이학원 이사장)
5) 호계원장 : 일면(불암사 회주)
6) 교육원장 : 현응(전 해인사 주지)
7) 포교원장 : 지원(육지장사 회주)

### 2. 대한불교 천태종

가. 종지 : 회삼기일, 삼제원융 부처님 가르침의 근본은 모든 사람이 부처 되게 하기 위한 것임. 우주 만물은 있는 그대로의 절대가치를 지니고 있으며, 만물은 삼제(空, 假, 中)에 귀속되어 있어서 서로 원융(圓融)하는 바 이를 깨닫고 불신의 인격을 통해 중생을 구제하고 불국토를 이룩함.

* 천태종의 승려는 독신을 원칙으로 함(종헌에 규정)

나. 소재지 : 충북 단양군 영춘면 백자리 132-1 구인사

다. 기구 및 임원

1) 종정 : 김도용(대한불교 천태종 이사장)

2) 총무원장 : 장도정

3) 종회의장 : 이문덕

4) 감사원장 : 변충광

## 3. 한국불교 태고종

가. 종지 : 석가세존의 자각각타(自覺覺他) 각행원만(覺行圓滿)한 근본 교리를 봉체하며, 태고종조의 종풍을 선양하여 견성성불 전법도생(傳法度生)함.

*소의경전 : 금강경, 화엄경

*본존불 : 석가모니불

나. 소재지 : 서울특별시 종로구 율곡로 1길 31(사간동 112)

다. 기구 및 임원

1) 종정 : 최혜초

2) 총무원장 : 이도산(13대 중앙회장)

3) 종회의장 : 윤영우

4) 호법원장 : 박운곡

## 4. 대한불교 관음종

가. 종지 : 본 종은 일승실교사상(一乘實敎思想)과 일승원교사상(一乘圓敎思想)을 봉대하고 보살의 제세원력(濟世願力)으로 전법도생(傳法度生) 견성성불함.

*소의경전 : 묘법연화경(법화경) 화엄경

*본존불 : 법보화(法寶化) 삼신불(三身佛)을 본존불로 하고, 보처보살(補處菩薩)을 협시보살(挾侍菩薩)로 봉안(奉安)한다.

나. 소재지 : 서울특별시 종로구 숭인동 178-3 묘각사

다. 종정 및 총무원장

1) 종정 : 공석

2) 총무원장 : 이홍파(묘각사 주지)

### 5. 대한불교 진각종

가. 종지 : 십방삼세에 하나로 계시는 법신비로자나 부처님을 교주로 하고 부처와 제보살과 중생들의 본심이며 종조의 정전심인인 '옴·마·니·반·메·훔'(육자진언)을 수행의 본존으로 받들어 삼밀관행을 통하여 법신불 진리를 체득하고 즉신성불, 현세정화함.

*소의경전 : 대일경, 금강정경, 대승장엄보왕경, 대승이취육바라밀다경

*본존불; 비로자나불

나. 소재지 : 서울특별시 성북구 하월곡2동 22

다. 기구 및 임원

1) 종정 : 성초

2) 통리원장 : 회정

3) 종의회의장 : 혜명

# 2부

# 살다 보면

의부(義父)
막걸리로 다시 태어난 사나이
매 맞으면 공이 커 보인다
운칠기삼(運七技三)
인생은 짧고 하루는 길다
방구(방귀) 시합

# 의부(義父)

의붓은 의부(義父)에서 온 말로 영어 'a step father' 로 본래 씨가 다른 의미를 지닌 말로서 어머니가 개가하여 새로 맞이한 아버지를 칭하는 말이다.

이 단어는 관형어적 위치에 나타나므로 관형사로 범주를 정하여야 할 것이나 독립성이 분명치 않아서 단어의 구성 성분의 하나로 즉 어근으로 처리하여 사용하고 있다. 아무튼 의붓아버지에 대한 이미지는 거개가 썩 좋지 않은 방향으로 쓰여지고 있는 것이 사실이다.

지난 17대 대선 때만 해도 정치판에서 상대 후보를 공격하기로 어느 후보를 생각하면 "의붓아버지 소 팔려간 기분이다" 라고 비아냥거린 것만 봐도 알 수 있다.

호산은 어느 날 경찰에서 의붓아버지로 평가받아 친아버지로서 체면을 구길 뻔했던 일화를 들려준 일이 있다.

지금으로부터 약 25년 전 아마도 초겨울로 생각되는 어느 날 새벽 아직 선잠에서 깨어나기도 전에 요란하게 전화벨이 울리는 것이 아닌가?

누가 꼭두새벽에 전화를 걸어 잠을 깨우나 하고 눈을 비비며 전화를 받으니 대뜸 경찰서 파출소란다.

왜 무슨 일로 전화를 했느냐고 하니 학생 누구 아버지냐고 반문하면서 집의 학생이 새벽에 자동차 사고를 내어서 지금 파출소에서 조사를 받고 있으니 와서 뒷일을 처리하라고 한다.

호산은 자식의 안위가 걱정이 되면서도 참을 수 없는 분노가 치밀어 오른다. 일찍이 상경하여 온갖 고초를 극복하고 성실 일변도로 사업에 투신하여 이젠 어느 정도 궤도에 올라 동분서주 뛰고 있는 판인데 큰 놈이 대학 입시에 합격하게 되어 기념으로 하도 간청하여 르망 자동차를 선물로 사주었다. 그런데 하라는 공부는 뒷전으로 하고 술을 먹고 자동차 사고를 내었으니 어찌 심사가 편할 수 있으랴.

급히 파출소로 찾아갔다. 다행히 아들 녀석은 입구 의자에 앉아 있는 모습이 보인다. 큰 부상이 없는 것 같아 다행이라 싶어 안도하면서도 한편 분노가 치밀어 들어가는 즉시 아들 녀석의 뺨을 후려갈기고 들어가니 경찰관이 나서서 사고의 경위를 자초지종 이야기한다.

학생이 술을 먹고 휴대폰(그 당시는 약 25㎝)으로 전화를 받다가 음주운전사고를 저질렀습니다. 하필 우리 경찰 백차를 들이받아 사고를 냈으니 보호자가 처리해 주기를 바란다는 요지였다.

그때만 하더라도 음주운전이 크게 사회문제가 되기 전이라 간단히 변상하고 사정만 잘 하면 방면하던 때인지라 크게 걱정은 안 되더라도 분노는 가시지 않는다.

평소 귀한 자식일지라도 엄하게 키워야 한다고 철두철미 가정교육을 시키고 있는 터였다.

군에 입대할 즈음 팔이 아프다고 해도 남자는 군에 갔다 와야 사람이 된다면서 논산 훈련소까지 데리고 갔으나 불합격으로 귀향하고 뒤이어

2번이나 입대시키려고 데리고 간 강골의 아버지이다.

항차 둘째 애는 미국 유학중이라도 불러들이어 입대케 한 좀 별나다 싶을 정도로 특이한 성격을 지닌 분이다.

"이 사건을 담당한 분이 누구십니까" 하고 묻고는 채 대답도 듣기 전에 큰소리로 일갈한다. "이런 사고를 낸 놈을, 국가재산인 백차를 들이받고 사고 친 놈을 왜 유치장에 처넣지 않고 이렇게 의자에 앉혀 둡니까? 바로 유치장에 처넣고 법대로 처리하십시오" 하고 나가면서 입구에 앉아있는 자식에게 다가가 한 번 더 뺨을 사정없이 후려치고 나가는 것이 아닌가?

담당경찰관은 하도 어이가 없어 실소만 한다.

대개의 부모는 이런 경우 사정을 하며 선처해 줄 것을 호소하는 터인데 되려 처벌을 해달라니 너무도 어이가 없어 무어라 말을 잊고 멍하니 나가는 뒷모습만 바라보다가 말을 한다.

"지금 나간 사람이 너의 친아버지 맞니? 혹시 의붓아버지가 아니니?" 하고 묻는 것이 아닌가.

후에 이 말을 듣고는, "정신 나간 사람 같으니라고 의붓애비 같으면 잘 봐달라고 사정하지 어찌 그렇게 하겠는가?"

우리나라 역사상 계모의 악행은 수없이 많이 들어온 터이지만 의붓아버지의 숨겨진 일화는 별로 찾아볼 수 없는 것은 아마도 조선조 시대의 결혼 풍습이 개가를 제도상 금지하기보다는 사회 통념상 백안시 여긴 탓이 아닌가 하는 생각이 든다.

이후로 이런 바탕 위에서 자란 아들은 누구보다 건실하게 사회생활을 잘 하고 스스로 사업에도 성공하여 잘 지내고 있다.

아버지의 유산 분배에 자기 몫 일부를 동생에게 주라고 할 정도로 고운 마음씨를 가진 것은 그저 우연한 소치가 아니라고 본다.

# 막걸리로 다시 태어난 사나이

"아짐씨(아주머니) 그만 막걸리나 한 잔 주이소."

"지금은 너무 더워서 못하고 더위가 가실 해질 무렵에 잘 묻어주고 오겠소."

걸쭉한 남녘의 사투리로 술을 청하는 장년들에게 술 주전자를 갖다 주면서 방 윗목 한편에 뉘어놓은 어린 자식의 시신을 보면서 어머니는 속으로 한없이 울고 있었다.

아이가 태어나자 그렇게도 튼실하고 탐스러워 애부러기(황소 새끼인 애부라기의 사투리)라고 불러주며 이웃 아낙들이 부러워하면서 서로 안아주려고 했던 아이가 이렇게 허망하게 가다니? 부모 앞서 자식이 죽으면 부모는 그 자식을 가슴에 묻는다고 했던가?

그것도 이제 싹도 피워보지 못한 겨우 일곱 살 어린놈을 이렇게 보내다니 억장이 무너지는 단장에 슬픔이 엄습해 와서 어머니 자신이 못 먹는 술이라도 인사불성이 되도록 마시고 싶은 심정이리라.

때는 태평양전쟁이 막바지에 치닫는 해방 전년도 패전이 눈앞에 다가온 일본제국은 단말마의 몸부림으로 조선반도 수탈에 눈을 부릅뜨고 날뛰고 있을 때인데 덮친 격으로 반도 남녘은 괴질이 돌았다.

아마도 장티푸스 정도 아닌가 본데 그땐 병원 시설이나 의약품이 귀하여 감염된 환자는 십중팔구 생명을 잃기 마련이었다.

이 아이도 이렇게 하여 저승의 문턱에 다다르게 되어 부모는 시신을 치우기 위하여 동네 청년 두 사람을 불러 부탁을 한 것이다. 마을에서 밥술 깨나 뜨는 형편이라 군말 없이 왔지만 날씨가 너무 더워 더위가 한 풀 꺾인 후 매장을 하려고 막걸리나 한 잔 달라고 한 것이다.

막걸리는 우리 민족의 유구한 역사의 장(場), 생활사에서 깊은 애정이 담긴 술이다. 막걸리의 막은 마구의 준말로 대충이라는 의미와 부사의 형태로 지금 바로라는 의미를 지고 있다.

1909년 이전에는 대부분 집에서 술을 빚어 손님을 접대하거나 제사 때 제주나 예식에 사용하다가 그 후 주세법이 공포되어 수 백 년 전통으로 빚어오던 술이 사라지고 개개인의 집에서 당국의 눈을 피해 비밀리에 담가 먹는 밀주로 전락하고 말았다.

예나 지금이나 평민의 애환이 담긴 것이 이 막걸리이고, 출출할 때 한 잔하면 요기가 되고 하여 부담 없이 즐겨 마시고, 길 가는 나그네에게도 격의 없이 권하는 술이 이 막걸리이다.

그러나 보릿고개 등 기아선상에 허덕이던 당시의 입장에서는 언감생심 귀한 쌀로 술을 빚어 담는다는 것은 감히 엄두도 내지 못하는 형편인데 호산의 집은 동리 내에서 논마지기나 부치는 형편이라 몰래 담가 먹는 처지임을 이웃들은 이미 알고 있어 스스럼없이 막걸리 한 잔을 달라고 한 것이다.

기승을 부리던 더위가 한물 간 후 시신을 수습하려고 방으로 들어갔다. 방 윗목에 홑이불로 덮여있는 어린 시신을 거두어 나가려고 하는데 이게 웬일인가? 어린 시신의 다리가 꿈틀대는 것이 아닌가.

하도 놀라서 고함을 지르며 부모를 찾았다.

무슨 일인가 하고 방으로 들어온 어머니가 기적 같은 상황을 목격하고 급히 물과 미음을 먹이고 안돈시켜 어린 생명을 소생케 하였다.

하늘은 결코 인간의 생명을 어떤 경우든 함부로 취급하지 않는다는 섭리가 어린 호산의 죽음에서 보여주고 있었다.

만약에 막걸리가 없었다면 어린 목숨은 서너 시간을 기다리지 못하고 지하에 묻혀 불귀의 객이 되었을 터이다.

어린 호산은 이렇게 해서 다시 태어났다.

우리와 가장 친근한 토속주인 막걸리를 연유로 해서 말이다.

이 일을 겪고 난 후부터는 남보다 유달리 건강하게 자란 호산은 스무살 전에는 병원 문턱을 모르고 자랐으며 노년기에 접어든 지금까지 활발하게 산업전선에서 활동하며 한국 실물경제에 두각을 나타내어 타의 추종을 불허하고 있는 터이다.

그로해서 생성된 결실을 한국에서 제일 아름다운 '장학회' 란 기치로 장학재단을 설립하여 다시 태어난 보답을 하려고 노력하고 있다.

호산의 지난 이력사항에 각종 봉사단체에 헌신적으로 참여하여 활동하게 된 동기나 한미연합사령관, 미8군사령관을 위시하여 수많은 감사패, 저축왕으로 받은 훈장 등은 어떤 궂은일도 마다않고 나름대로 오지랖 넓은 봉사의 처신으로 살아온 터라고 그는 굳게 믿고 있다.

특히 일찍 떠나온 고향이 그리워 고향으로 들어가는 초입인 노량대로변 양쪽 4km에 벚나무를 심어 지금도 봄이 되면 만개한 꽃길을 걸으며 추억에 잠기곤 한다.

사람은 누구나 떠나는 순간이 되면 뒤를 돌아보게 된다고 한다.

언젠가는 좋은 날 오기를 기다리는 서러운 세월을 피땀 흘리며 살아온 나날이 있었기에 이젠 가슴 펴고 이제껏 이룬 모든 것을 내려놓고 홀가분한 기분으로 장학사업에 전념하려고 준비하고 있다.

지금도 술좌석에 앉아 담소하며 건배할 때는 유년 시절의 그 막걸리로 인해 소생한 뜻 깊은 하늘의 섭리를 생각하게 되어 자연히 처신을 지중하게 가지며 하늘의 뜻에 항상 감사하게 생각하면서 살아가고 있다.

우리나라의 국주 막걸리에 감사하며…….

# 매 맞으면 공이 커 보인다

유난히도 더위가 기승을 부리던 금년(2014년) 여름 나는 장학회 백일장 행사를 준비하느라고 영일이 없이 컴퓨터 앞에 앉아 좌판을 두드리고 있을 때 옆방에 있는 이사장 호산선생이 휴대전화기를 들여다보면서 만면에 웃음기를 띠고 내 방에 들어선다.

"무엇이 그리도 즐거운가요?"

"이것 좀 보시 게나?" 하고 내미는 것은 휴대폰 화면에 선명하게 찍힌 엉덩이가 붉게 물든 자욱이 있는 사진이 아닌가? 그것도 얼굴이나 신체 부위는 나타나지 않고 매자국만 뚜렷하게 나타난 사진이다. 하도 의아하여 연유를 물었더니 실인즉 이러하다.

매 맞은 이 아이는 손자 호성(가명)이인데 초등학교 5학년생으로 야구부에서 운동을 하고 있단다.

어제 야구감독이 훈련내용이 나쁘다고 자기를 불러 대표로 매를 맞아 그렇게 되었노라고 한다. 그것도 웃으면서 말이다. 아니 이럴 수가 있느냐고 반문하니 사연인즉, 요즈음은 각종 운동 단체에서 특히 학교에서 지도하는 각종 감독 및 코치들의 폭력행위가 도마 위에 올라 조금이라도 선수에게 위해를 가하면 학부모가 바로 항의하여 난리가 나며 심할 경우 감독의 자리가 파리 목숨이란다.

그래서 이제껏 관행적으로 행해지던 단련용 매질은 자취를 감추고 있는 터인데 어린 학생에게 이토록 매를 가하다니 이해가 가지 않지만 그래도 감독으로는 팀 성적이 부진하고 운동에 게으름을 피우면 매를 들어야만 정신을 차려 소기의 성적을 올릴 수 있는데 그렇지 못하여 감독들은 난감해 한다.

그런데 호성이의 아버지는 감독에게 찾아가 '우리 아이는 죽이지만 말고 엄하게 다루어 가르쳐 주십시오' 하고 간곡히 부탁하였단다.

그런 이후로 야구부에서 팀 성적이 나쁘거나 훈련 기강이 해이해지면 전선수들 앞에서 이 아이를 대표로 불러 매를 때린다고 한다.

그날도 매를 맞고 와서 맞은 자국을 보이면서 하는 말이 '아버지 나는 매를 맞고 난 후 타석에 나가면 공이 커 보여요' 하더란다.

옛말에 매 끝에 정든다는 말이 있고 매로 키운 자식 효성이 있다고 하지만 어떻게 저 어린 나이에 그러한 경지까지 도달했는지 참으로 궁금하다.

호산은 일찍이 손자 녀석의 자질을 키워주기 위하여 자기 사무실 옆 5층 옥상에 야구연습장을 만들어주고 틈날 때마다 공을 치도록 하였다.

결코 어떤 일이든 공을 들이지 않으면 성공할 수 없다는 것이 비단 운동뿐만 아니라 모든 세상만사가 그러하다고 생각된다.

자식을 위해서 헌신하는 부모의 노력과 일화는 많이 들어도 할아버지의 정성 담긴 이야기는 드문 터인데 지극정성으로 손자 녀석의 뒷바라지를 하는 걸 보면 콩 심은 데 콩 난다는 속담이 허실이 아님을 알 수 있다.

조선조 임진왜란 무렵 이문건이란 학자는 손자를 교육시키기 위해 양아록이란 육아일기를 작성하여 손자 이수봉을 교육시켜 입신에 도움을 주었다고 기록되어 있다.

부전자전으로 호산은 일찍이 아들에게 매사에 혹독한 수련을 겪도록 키워왔지만 대를 이어서 아들 역시 그 아들 호성이에게 단련을 시키기 위해 감독에게 당부하기를 아이를 죽이지만 말고 엄하게 다루어 달라고 부탁한 결과 하루가 다르게 일취월장 자질을 발휘하고 있는 것이 아닌가 하고 생각한단다. 사자를 키워내는 부모들은 자세부터가 다르다는 생각이 든다.

나는 야구에는 문외한이지만 언젠가 한국의 대표적인 야구감독인 류중일 씨가 쓴 신문기사를 읽은 적이 있다.

나는 평소 이분을 '야장' (한국야구의 장량)이라 부른다.

야구는 어릴 적부터 자질을 키워야 한다고, 그것도 초등학교 4학년 전에 해야 훗날 성공할 수 있다는 기사를 읽고 공감하는 바가 컸다.

음악에서도 성악가로 대성할 수 있는 '절대음고' 의 임계치가 7살이라고 한다. 과거엔 천부적 재능이라고 생각한 절대음고란 기준 음이 주어지지 않아도 어떤 음의 높이를 맞추거나 소리를 낼 수 있는 능력을 말하는데 후천적인 노력 없이는 안 된다고 한다.

야구에도 대성의 임계치는 초등학교 4학년인 10살 정도가 아닌가 한다.

2014년도 4회 연속 종합우승의 큰 공을 세우고 난 후 신문사와의 인터뷰에서 "자식이 좋아하면서도 무서워하는 사람이 엄마"라고 하면서 지도자도 이런 양면성이 있어야 한다고…….

진실로 야구지도자들에게 귀감이 되는 이야기이며 우리들 스포츠를 사랑하는 일반인들에게 참으로 귀한 말이라고 생각이 들어 기억하고 있다.

호성이는 이미 3학년부터 이렇게 혹독하게 훈련해 온 터이어서 4할대 타자로 성장하고 있다고 본다.

그 애라고 어찌 가벼운 일탈을 꿈꾸지 않겠는가만 미치도록 자기가 좋아서 들어선 본질인 야구에 충실하여야만 성공할 수 있다는 신념을 가지고 부모님의 교훈적 사랑에 젖어 나날이 발전해 나가고 있다.

우리의 일상에 보이는 것만큼 아는 게 아니라 아는 것만큼 보인다고 하듯이 그 나이에 보이는 것보다 아픔으로 터득한 만큼 크게 보이는 것이 아닐는지?

우리 뇌 안에는 시간 감각회로를 조절하는 도파민이란 호르몬이 있어 무언가 새로운 자극을 받거나 기대하지 못했던 즐거움을 경험할 때 이 호르몬이 많이 분비된다고 뇌공학 과학자는 말한다.

즉 새롭고 자극적인 경험을 자주 하는 것이 도파민 수치를 증가시켜 뇌안에 있는 선조체에 작용하여 시간 감각회로를 바르게 감동시키고 짧은 시간도 길게 느껴지게 하여 작은 것도 크게 보이게 하는 것이 아닌가 하고 인체 생태학에 과문한 처지이지만 추론해 본다.

투수가 공을 던져 포수 미트까지 가는 시간은 0.4초 만에 도달한다고 한다. 이를 타자는 0.2초 안에 직구인지 변화구인지 분석하여 쳐야 하니 공이 크게 보이면 그만큼 유리할 것이다.

누가 뭐래도 야구에는 홈런이 꽃이다. 예전엔 홈런을 치는 선수는 선천적으로 타고 난다고 했지만, 지금은 후천적 노력이 없어서는 결코 아니 되리라고 본다.

타석에 들어서면 얼마나 두려울까. 두려움을 이기려면 먼저 칠 수 있다는 믿음을 가져야 한다고 전문가는 말한다.

어느 분야건 원숙함이란 재능 따위가 아니라 시간이 훈련으로 가져다주는 미덕이라고 생각한다.

우리들 문인들은 눈은 마음의 창이라고 자주 인용한다. 누구의 도움이나 가르침이 없이 혼자 터득하고 이를 실행해 나가기를 기다려주는 것이 후견인의 도리라고 본다.

훈련 중 시행착오와 고통은 아이 자신이 치러야 할 통과의례로 생각하고 부모는 진득이 기다려야만 한다.

그렇지 못하고 자식 맞는 것이 마음 아프다고 항의하고 관여한다면 스스로 성장할 시간과 기회를 상실하고 말 것이 아닌가?

부디 초달(楚撻 : 회초리)보다 무거운 몽둥이를 맞더라도 대성하기를 바란다. 맞고 나면 크게 보인다고… 그럼 맞아야지.

공이 커 보이는 것은 장차 성공할 아이콘이 될 것이다.

나도 맞고 나면 글이 잘 쓰여지면 즐거이 맞겠다고 생각하면서 호성이의 대성을 기원해 본다.

# 운칠기삼(運七技三)

노년기에 접어든 우리네 친구들이 모였다 하면 스스럼없이 즐겨하는 오락이 화투놀이다. 무료한 시간을 달래며 술내기를 할 때 가장 많이 대두되는 화두(話頭)가 운칠기삼(運七技三)이다.

대저 운이란 무엇인가?

우리들 인생은 천기(天氣)를 받고 지기(地氣)로 태어나 인기(人氣)로 살아간다고 한다.

이 삶에서 운명학이란 물질의 개체들이 각기 다른 속성에 합성되어 표출된 제3의 물체를 연구하는 학문이라고 알고 있다. 이는 유무형의 세계를 포함한 3차원의 신비가 있음으로 운명적이란 표현이 우리 일상을 잘 대변하고 있다고 해도 과언이 아니다.

신은 인간에게 과학의 힘보다도 더 강력한 영감과 예지력을 부여한 관계로 이에 친숙해지려는 속성이 내면에 도사리고 있어 언제나 극복하기 힘든 상황에 봉착되면 이 운을 찾기 마련이다. 해서 운이란 일종의 성취를 의미한다고 본다.

오늘날 노년세대가 즐길 만한 오락시설이 빈약한 관계로 모였다 하면 남녀 구별없이 누구의 특별 제안 없이도 자연스레 화투장을 잡는다.

지금 우리 나이에 도시는 물론 산간벽촌이라 해도 사람 사는 곳이면 어김없이 벌어지는 화투판(고스톱)이 국민적인 오락시설이 되어 버린 느낌이다.

한일합방 초기에 일본에서 전래된 화투가 우리의 고유한 투전을 밀어내고 자리잡아 오던 중 6.25의 참담한 전후(戰後)의 공허함을 달래는 집단의식 때문에 요원의 불길처럼 번져 나가 세월이 갈수록 진화되어 왔다. 처음에는 민화투에서 시작하여 600이란 게임을 개발하더니 이젠 고스톱으로 발전하였고, 그것도 기존 48장에다가 조커라는 이름의 보조 화투장을 몇 장 더 추가하여 스릴을 즐기는 형국이 되고 보니 과연 국민오락이라 할 정도로 자리잡고 있는 실정이다.

이를 무언으로 권장하는 것 중 하나가 진위는 고사하고라도 고스톱이 치매예방에 좋다는 속설까지 나돌아 전국 곳곳 경로당에서 장기, 바둑과 더불어 필수적으로 준비되어 나이든 할머니까지 즐겨 하는 오락이 되어 버린 것이다. 하지만 간첩도 내려 보내기 전에 반드시 고스톱을 가르쳐 보낸다고 하니 두 말할 나위없이 화투를 못 치거나 어울리지 못하는 사람이 이상해지기 마련이다.

우리 친구들도 모였다 하면 술값내기를 빙자한 예의 고스톱판이 벌어지기 일쑤인데 자칭 풀스윙하는 골프에 빗대어 하프스윙이라 이름하여 치매예방연구모임이라 미화한다. 가만히 이에 몰입하다 보면 참으로 괴이한 일이 벌어진다.

그 판에서 많이 따간 사람에게 화투패가 몰리는 현상이다. 화투판에서는 이를 운이라고 한다. 게임 중에 뻑이라는 규정이 있다. 판에 놓여진 짝을 맞춰 치다가 엎어논 패에서 같은 패가 한 장 더 나오면 설사라고 하는데 다음에 이를 가져가는 사람에게 자기가 기이 획득한 피(껍질) 중에서 한 장을 덤으로 주는 룰이다. 그야말로 불로소득이다. 오동이나 비가 설사 된 경우에는 참으로 암담하여 이를 가져간 사람은 거의 그 판을 이겨 승자가 된다.

그런데 게임에 임하는 세 사람 중에서 언제나 제일 많이 딴 사람에게 돌아가기 마련이니 참으로 희한한 일이 아닐 수 없다. 이를 보고 나는 화투는 '가장 자본주의다' 라고 말하면 동석한 친구들은 예외없이 동의한다. 일종의 운이 좋은 자다.

아담 스미스의 〈국부론〉에도 '큰 재산이 있으면 큰 불평등이 있다' 고 말했듯이 운 좋게 몰리기 때문이다. 운 이외는 별도로 할 말이 없다. 그래서 화투놀이에서 가장 많이 사용하는 말이 운칠기삼이다.

아무리 기술이 좋다고 한들 운이 따라주지 않으면 안 된다는 이야기다. 아무리 기술이 출중하여 남을 잘 속이는 투전꾼도 천둥 끝발로 운이 따르는 아마추어를 제일 무서워하며 그날은 화투장을 접는다고 한다.

아직 확실한 통계는 없지만 이를 즐기는 사람이 몇 %인지 모르지만 미구에 닥칠 노령화사회에 진입하게 될 노인층이 무엇을 하며 노년을 즐겁게 보낼 수 있을까? 하는 생각이 들어 당국자는 한 번쯤 생각해 봐야 하지 않을는지? 고독하고 무료함을 달래기 위해 오락으로 시작한 것이 도박의 중독성에 빠져 버리는 심각한 사회문제가 될 개연성이 있다고 본다.

사람이 더하는 일에 빠져들면 원(願)의 세계가 욕(慾)의 세계로 도착되기 마련이다. 해서 건전한 국민오락의 장(場)으로 거듭나는 묘안은 없을까 하며 잠시 생각에 잠겨 본다.

우리나라에 화투를 전래한 일본만 하더라도 고독한 은퇴세대들 중 빠친코를 즐기는 인구가 1700만이 넘는다는 레저백서를 읽은 적이 있다. 세상사 진인사대천명이라 하듯이 운칠기삼에서 7의 운을 불러오는 것은 3의 기라고 본다. 아무리 운이 좋다 한들 이를 받아들이려는 기의 연마 없이 운만 믿고 지내면 오던 운도 비켜가기 일쑤이리라.

생전에 아버님의 우회적인 훈계 말씀이 생각난다. 통제사(統制使) 이야기다.

어느 날 한 젊은이가 장차의 운명을 점쳐 보니 장차 적어도 통제사는 하겠다는 점괘가 나와서 기뻐하며 거들먹거리며 무위도식하고 지내다가 막상 성년이 되었으나 어느 것 하나 이룬 것 없이 빈궁하게 말년을 맞이하여 해마다 돌아오는 기제사에 제대로 격식을 갖춰 제사를 지낼 수 없는 처지라 제사상 하나 구할 형편이 못되어 부엌에서 사용하는 그릇 씻는 통(일명 구정물통)을 엎어놓고 제사를 지내게 되어 통제사 아닌 통제사(桶祭祀)를 지냈다는 말씀은 그저 흘려 보낼 말씀이 아닌 것 같다.

비단 화투놀이뿐만 아니라 우리네 인생사에서 '대복은 재천이고 소복은 재근' 이라 하듯이 아무튼 운을 맞아들이기 위해서는 부단한 기의 연마로 후회없는 삶을 살았으면 한다.

# 인생은 짧고 하루는 길다

가만히 뒤돌아보면 질곡과 신산(辛酸)한 삶을 살아온 것이 우리 세대가 보낸 지난날의 숨김없는 과거사였고, 지금에 와서도 삶은 여전히 지불유예에 머물고 있어 하루하루 보내는 것이 처절하리만큼 권태로움을 느끼며 살아가고 있다는 것이 현실이 아닌가 한다. 세월이 가고 나이 들어가는 것은 어찌 보면 열정을 잃어가는 삶일 수도 있다.

살아오면서 자신이 경험한 수많은 사건들로 해서 생각과 행동이 진중해지고 노련해지기도 하지만 그것들이 스스로를 얽매어 굳어진 마음일 수도 있다. 나이 먹어도 스스로의 모자람을 인정할 수 있는 여유를 가지고 주위에 순응하면서 살아가야 하는데도 그렇지 못하니 이를 두고 뭐라고 해야 할지 답을 찾지 못하고 지내고 있다. 잊혀져가는 소멸의 애착이 뒤돌아보는 추억의 뇌리에 엉키어지면 궤적이 머무는 곳에 아련한 미련이 차라리 무료함을 느낀다.

마음의 평안을 추구하는 우리네 삶에 필요한 것은 어쩌면 '완성의 불가능을 인정하는 겸손' 이라고 설파한 아리스토텔레스의 경구가 떠오른다. 가을이 되어 산야에 단풍이 붉게 물들면 단풍이 고울수록 나무는 아프다고 하지 않았던가?

이젠 조용히 내려놓고 '내 침묵이 그대의 노래이게 하라' 는 어느 철학자의 말씀처럼 침묵으로 살아가는 방편을 찾아보련다.

사람에게 소중한 것은 이 세상에서 몇 년을 살았느냐가 아니라 사는 동안 얼마나 가치 있는 일을 했느냐는 것이리라. 인생사 한평생이 생로병사라 하지 않았던가?

누구나 늙기 마련이고 이 또한 섭리일진대 자탄에 빠질 것이 아니라 더 늦기 전에 보람 있는 일을 찾아 노후를 뜻있게 보내야 하지 않을까 하는 마음 간절하다. 선조들은 '인은 노를 쓰라' 고 가르쳤고 늙은이의 지혜를 빌려와 일을 성사시킨다는 노마지지(老馬之智)의 사자성어도 생긴 걸 보면 너무 자탄할 일이 아닌데도 세태는 그렇지 않다.

이웃 일본 아소 재무상이 '죽고 싶은 노인 빨리 죽어야 한다' 고 납세자의 부담을 줄이기 위해 패륜적 발언도 서슴지 않는 것을 보면 동서를 막론하고 노인 문제가 심각한 것은 사실이다.

오늘도 친한 벗들과 함께 산행을 즐긴다. 머리도 식힐 겸, 지난 세월 동안 참으로 좋은 인연이다. 타고난 지역과 자라온 고향이 달라도 우연은 인연을 맺는다고 하지 않든가.

우연일지라도 지금에 와서 생각해 보면 필연이었으리라는 생각이 든다. 정비석은 〈산정무한〉에서 "천년사직도 남가일몽이었고 태자 가신 지 또 다시 천년이 지났으니 유구한 영겁으로 보면 천년도 수유(須臾)던가" 라 했다. 그 교과서에 나온 구절을 외우며 꿈을 키웠던 시절이 엊그제 같은데 참으로 세월은 빠르게 흐른 것 같다.

1980년대 초 산행이라 한답시고 매주 북한산 등산을 거르지 않고 친우인 손 군과 같이 다닐 때 손 군은 어떻게나 날쌔고 걸음이 빠른지 별명이 북한산 다람쥐란 별칭을 달고 다녔다. 산 중턱에 오르면 북망대에서 만나기로 하고 자기는 먼저 먼 곳으로 둘러 서둘러 산을 타면서 일행들의 느린 걸음을 맞춰주기까지 한 산 사나이다.

그러나 세월이 흐른 이제는 건강상 이유로 산행을 거의 접은 처지라 안타까운 마음이 산행할 때마다 든다.

오랜 세월 교류하면서 만나면 시국토론과 종교관으로 술좌석을 풍요롭게 하던 설산(임형의 호)은 한때 대기업의 간부로 산악대장을 맡아 전국의 산야를 누비고 다니던 터인데 이젠 무릎의 관절 이상으로 산행을 접고 무료한 시간을 보낸다고 하니 이 또한 세월의 무게가 느껴져 지나온 세월을 자꾸 뒤돌아보게 된다. 그렇게 지낼 때는 하루가 한없이 지루하여 지나간 허송세월을 자꾸만 탄하는 자책이 앞선다니 동병상련으로 위로의 말을 찾지 못하고 있는 심정이다.

한편으로 일행 중 가장 활달한 가원은 종종 산행을 거를 때가 많다. 대기업의 중역으로 해외를 누비다가 퇴임한 후라서 시간이 많을 줄 알았는데 이곳저곳 갈 곳이 많아서라고 말하면서 하는 말이 공사다망하여 '백수가 과로사(過勞死)한다' 고 품위 유지가 어렵다고 한탄한다.

그러나 어쩌나, 우리가 지나온 세월을 되돌아보면 그렇게도 잠깐인데 이젠 아침에 눈을 뜨면 오늘을 어떻게 보내야 하는가 하는 마음이 앞서니 망연자실할 때가 많다.

눈을 뜨자 마자 오늘은 무얼 하고 지낼까? 걱정부터 앞선다.

늙으면 죽어야 한다고 막말하는 법조인이 있는 세태이니 늙은이의 편안한 쉼터는 찾아보기 힘든 세상이 되어 버렸다.

우리나라의 평균 퇴직 연령이 53세라니 이제 고희를 넘겼으니 사오정 오륙도란 말을 듣지 않은 것만도 다행이다. 살만치 살았다고 자위도해 보지만 이젠 평균 연령이 높아져 100세시대가 다가왔다고 보험사가 앞장서 보험 선전을 하는 판이니 어제 마신 술로 인해 만신이 삭신해 일어나기가 무척 괴롭다.

옛 의서에 구와(久臥)는 기를 상하고 구좌(久坐)는 근육을 상한다고 했으니 식구들에게 지청구를 당하기 전에 훌훌 털고 일어나 밖으로 나가야 한다. 노후에 자신의 인생을 보상받지 못하는 데 대한 분노와 무력감, 외로움 등등이 머리를 무겁게 한다.

지나온 세월은 그렇게도 짧은데 하루하루는 그렇지 않은가 보다. 내가 뭘 고민하고 살아야 한다는 것은 이제 남은 내 삶의 몫이리라. 다가온 시간들을 지루하게 보내지 말고 즐거운 마음으로 살아가자고 다짐하면서 지나온 인생사를 더듬어 본다.

인생은 짧고 그래도 하루는 길다.

# 방구(방귀) 시합

참으로 황당하고 실소를 자아내게 하는 뉴스가 방송된다.

유달리 추위가 극성을 부린 금년(신묘년, 2011년) 2월 중순 삼한사온은 간데없고 삼한사한으로 이상기온을 이어가더니 극기야 강원도 일대에 눈사태를 몰고 온 난리판이라 나는 집에서 텔레비전을 보면서 무료한 시간을 보내고 있을 때, 눈과 귀를 의심케 하는 뉴스가 방영된다.

아프리카 대륙의 남동쪽에 위치한 이름도 생소한 말라위(malawi)란 나라에서는 공공장소에서 방귀를 끼면 벌금을 부과한다는 입법 취지가 공포되자 이를 반대하는 국민들이 들고 일어나 소란스럽다는 내용이다.

호기심이 발동하여 문헌을 자세히 찾아보니 아프리카 동남부 중앙아프리카 내륙에 자리한 이 나라는 모잠비크에 둘러싸여 있으며, 면적은 우리 남한 정도이고, 인구는 1,200만, 국민소득은 160불 정도의 빈국이다.

이런 나라에서 방귀로 인한 소란이라니 이 기상천외한 뉴스를 보면서 불현듯 어린 시절의 방귀 시합이 생각나 실소를 머금게 된다.

방귀는 장 속에 있는 공기가 항문을 통하여 빠져 나가는 현상으로 방기(放氣), 즉 공기를 방출한다는 뜻으로 사실 스트레스가 있으면 냄새가 강렬하다.

의학사전에는 항문을 둘러싸고 있는 괄약근의 작용으로 방귀소리가 큰 것은 직장과 항문이 건강하다는 증거라고 한다.

나는 어릴 적 방귀를 자주 뀌었다.

돌아가신 선친께서도 스스럼없이 소리 내어 방귀를 뀌시면 같이 놀던 친구분이나, 특히 어머님은 핀잔을 주셨다.

그럴 때면 하시는 말씀이 "날아가는 방구 잡고 시비하는 사람은 방구만도 못한 것이여"라고 하시며 조금도 개의치 않으신 기억이 난다.

사실 방귀를 참으면 몸에 해로우며 내장을 수술한 후 방귀는 수술 성공의 신호로써 의사가 필히 점검하는 대목이다.

내가 자란 어린 시절 우리 고장 남쪽 바닷가 어촌에 보리가 익어가고 여름이 다가오면 지천으로 보리멸치가 풍성하게 잡힌다.

바닷가 십 리 남짓한 수로에 자리한 수많은 죽방염에서 하루 두 번 물을 보면(고기를 잡아 온다는 것을 의미함) 누구나 쉽게 사먹을 수도 있고 그렇지 않아도 한시(바닷물이 간만의 차가 제일 클 때) 때는 선창가에 가면 밀려드는 정어리를 소쿠리만 갖고도 잡을 수 있어서 반찬 걱정은 별로 하지 않아도 될 시기가 있었다.

보리멸치를 잘 조려서 상추와 같이 싸먹으면 보리밥도 일품이다.

아버님은 이럴 때 하시는 말씀이 "보리밥조차 넘기는 데는 상추쌈이 제일이여" 하시며 보리밥도 별 개의치 않고 드셨다.

나뿐만 아니라 나와 죽마고우 최 군도 드러날 정도로 방구를 잘 뀌었다.

최 군과 나는 한 마을 한 반(班)에서 어릴 적부터 같이 자랐다.

초등학교 시절 최 군과 나는 학급 장과 아동 장을 서로 맡아가며 선의의 경쟁으로 흉허물 없이 지내던 사이였다.

면소재지 중심에 자리잡아 한길을 사이에 두고 동서로 갈라진 15호 정도로 한 반을 이루고 있었다.

지서(파출소), 면사무소, 우체국, 국민학교(초등학교)를 끼고 있어 일찍이 일제시대, 우리 반 길 양편에 벚나무를 심어 일명 벚꽃 길(사꾸라마치)이라 칭하는 곳이다. 저녁이면 자연히 아이들이 모여서 조금 떨어진 바닷가 선창가로 일과처럼 놀러갔다.

그럴 때면 예의 그 방구 소동이 난다.

하루는 후배 평수 군이 우리 이럴 것이 아니라 나와 최 군 두 사람의 방구시합을 하는 것이 어떤가? 하고 제안하니 모여 있던 아이들이 이구동성으로 찬성하고 날짜를 정하여 모이기로 했다.

그날 단순한 방귀시합이 아니라 두 편으로 갈라서 얼마간의 돈을 거출하여 이긴 편에서 눈깔사탕을 사먹도록 한 것이다.

그날 시합에 나가기 위해 저녁밥은 예의 보리멸치에 보리밥을 상추쌈에 싸서 실컷 먹고 나갔다.

시합의 규정은 참으로 엄격하고 잘 정해져 지금의 국회의원 입법 취지보다 한결 나았다.

양편으로 갈라서 대표자가 한 명씩 나와 최 군과 나의 뒤에 앉아 방구소리를 들으면서 그 숫자를 합산해 나가기로 했다.

한 번에 한 사람이 뀌면 이어서 다른 사람이 뀌도록 하였고 한 번에 한 방씩 뀌어야 인정하고 연속하면 한 방으로 간주한다고 정했다.

잔잔한 해풍이 불어오는 선창가에서 무슨 큰 시합이라도 생긴 듯 동네 꼬마 친구들이 저녁밥을 먹기 바쁘게 모여들었다. 다들 자기편이 이기기를 바라면서 말이다.

결과는 이렇다. 내가 졌다. 아주 근소한 차이로 말이다.

내가 33자리를 뀌고 나서 후속타가 불발인데 최 군은 34자리를 수월하게 뀌는 것이 아닌가. 나를 후원하던 아이들의 실망은 참으로 컸다.

그러나 순수한 우리들은 눈깔사탕을 사가지고는 이긴 편이 하나 더 먹는 걸로 하고 같이 앉아서 밤늦게까지 놀다가 돌아왔다.

별이 총총한 여름밤 비릿한 해조음을 맡으며 집으로 돌아가는 우리들은 누구의 제안이나 선창도 없이 목청을 높여 우리들이 자작한 방구가를 부르며 여름밤을 수놓았다.

"방구 잘 뀌는 사람은 신체 건강하고 신체 건강한 사람은 방구 잘 뀐다."

아련히 떠오르는 유년 시절의 그리움이 내 나이를 잊게 한다.

무민사에서 내려다본 남해바다

# 3부

# 역사의 탐방

역사는 그때를 말한다
신화는 인간의 신성한 이야기로 전승
격변기 문학을 피운 삶
그곳에 가고 싶다
장보고와 나
심우장(尋牛莊), 침묵의 함의(含意)는?
노벨문학상을 예(禮)로써 찬(讚)하다

# 역사는 그때를 말한다

– 홍춘표의 《중단하는 자는 승리하지 못한다》를 읽고

유장(悠長)한 우리 역사상에 의젓한 조숙함으로 일궈낸 경제 발전의 신화는 그 분의 평범한 일상 속에 묻혀 있었다고 본다.

외람되이 감히 추천사를 쓰며 머리에 제일 먼저 생각나는 것은 구글의 기업모토인 "옳은 일을 하라"(don't be evil)가 떠올라 일부 곱지 않은 시각으로 바라보는 이 세태의 누적된 앙금을 걷어내고 의연히 집필한 홍 시인 당신께 먼저 존경을 표한다.

"중단하는 자는 승리하지 못한다"는 준엄한 명제를 에워싸고 있는 판도라 상자를 작가의 열정과 끈기로 묻혀 질변한 역사의 디테일한 사실을 찾아 밝힌 감동과 감흥은 누구나 이 나라 백성에게는 마음의 눈을 열게 하기 때문이라고 생각한다.

한 시대를 풍미한 역사적 인물에 대한 공과를 평가하는 확실한 잣대를 갖지 못한 나로서는 정치철학의 빈곤에서 오는 책임 없는 언사를 나열하기엔 부족함이 너무 많아 고산준령에 쌓인 만년설의 신비함을 경이의 눈으로 바라보는 평범한 소시민으로 지나온 터이다.

그러나 그 어른의 족적과 더불어 철저한 정황을 찾아내 역사기록의 사료를 서술한 역자의 구도자적 자세가 한없이 외경스럽기 때문이다.

명운을 걸고 조국재건이라는 웅혼한 터전을 마련하기 위해 혼돈과 갈등 속에서 빈곤을 몰아내고 민족중흥의 기틀을 마련하기 위해 조국 근대화, 혁신을 통한 건설을 신화로 이룩하여 '한강의 기적'을 지금의 온누리에 선양한 위대한 민족 지도자는 오늘에 사는 우리로서는 올바른 평가를 올려드려야 함이 도리라고 생각한다.

오늘의 대한민국이 되기까지 어려운 난관을 극복하고 반만년의 역사와 국민에게 이것은 바로 잇고 살아온 국민적 권리이며, 그분이 헤쳐나간 험로는 이젠 묵언의 향기로 피어나 우리 생활을 윤택하게 하고 있다고 본다.

전란의 후미에 연이어 다가온 생존의 고달픔이 지겹고 삶이 쓸쓸할 때 소외되고 가난한 서민들의 외로움을 의탁할 안식처는 오로지 그분의 말씀 한 마디에 있었다. 카랑카랑한 철성의 사자후를 토하고 연단을 내려와 촌노들과 막걸리 잔을 기울이며 머쓱한 미소를 지우는 모습은 아아 정말로 지울 수 없는 역사의 신화이다.

우리도 하면 된다, 할 수 있다는 자신감을 불어넣어 주신 영도자의 선견지명으로 가르친 위대한 말씀인 "중단하는 자는 승리하지 못한다"는 말씀으로 오늘이 있다고 확신한다.

가식 없는 이런 바탕 위에서 이룩한 국토개발과 경제성장의 동력은 오늘날까지 힘차게 돌아 세계 누구나가 다 부러워하는 10위권의 경제 대국으로 자리매김한 그간의 피나는 역정을 낱낱이 엮어서 구도자의 심성으로 이 글을 내어 놓으신 홍춘표 시인의 맑고 밝은 영혼의 소유자로서 저서를 완성한 것을 높이 칭찬 드리며 노고에 보답하는 뜻으로 널리 읽혀져서 많은 이들에게 회자되기를 간곡히 바라는 바이다.

# 신화는 인간의 신성한 이야기로 전승

- 홍춘표의 《소재 이이명 매화당 습감재》를 읽고

한 글자 한 글자를 담론(談論)으로 엮어 표제로 저술하여 오랜 산고 끝에 내놓는 홍춘표 시인의 《소재 이이명 매화당 습감재》 출간에 진심으로 격려와 함께 축하를 드린다.

화전 땅 남해는 산과 바다가 기이한 해안선의 아름다운 굴곡이 풍광을 이룬 문화의 고장으로 삼남제일의 이국 풍경이 언제나 낭만적(浪漫的)인 절경을 이룬 곳이다. 창파에 흐르는 기괴한 경치는 가는 곳마다 유구한 문화유적을 지니고 있는 고장이다.

문화와 어우러진 삶은 자연과의 융화에서 생태적 공동체(共同體)가 보여준 노력으로 이루어진 독보적 유산이라 믿는다. 문화는 인간 사회의 보편적(普遍的) 특징으로 일단 확립(確立)되면 자체의 생명을 가지게 된다.

역사 문화는 한 세대에서 다음 세대로 전달되면 그 기능은 삶 속에 녹아내려 뿌리 깊은 전통으로 공유되며 문화로 이어진다. 선대가 남긴 역사 문화는 신산(辛酸)한 세월 속에 수난(受難)과 외침(外侵)의 질곡을 당하면서도 백성을 보우(保佑)하며 애국 충절의 정신으로 큰 공을 세워 온 것이 사실이다.

세상이 혼란할수록 태평성대(太平聖代)를 꿈꾸며 쌓아온 경륜으로 세상을 바로 잡아보려는 충정어린 상소(上疏)나 직언(直言)으로 당쟁(黨爭)에 휘말려 정치적으로나 사상적으로 곤란한 곤욕에 탄핵되기도 했다.

이러한 관점에서 이번에 홍춘표 시인이 출간하는《소재 이이명 매화당 습감재》는 소재 이이명이 1689년(숙종 15) 기사환국으로 남인이 집권하면서 탄핵의 공격을 받아 귀양살이로 남해에 유배와 적소생활 중에 지역 주민들과 교유하며 향교나 서당에서 유학도 향사들에게 훈육(訓育)한 중앙의 수준 높은 문물을 전해 주게 된 내용을 기술한 것이다.

이로 인해 변화된 지역문화 발전은 물론 많은 후인 양성에 애열(愛熱)하는 내면적인 어짐과 의로움이 지대(至大)한 영향을 받게 되었다.

소재 이이명은 숙종의 후사(後嗣) 문제로 깊이 관여하게 됨에 따라 독대(獨對)라는 형식으로 비밀리에 만나, 세자(경종)가 아닌 연잉군(延礽君, 영조)의 보호를 부탁받고 후원을 자임했다.

1721년(경종 1) 김창집(金昌集), 조태채(趙泰采), 이건명(李健命)과 함께 노론4대신(老論四大臣)의 한 사람으로 세제(世弟, 영조)의 대리청정(代理聽政)을 실현하려다가 실패했다. 이 일로 해서 소론의 격렬한 공격을 받아 관작을 삭탈당하고 남해로 유배되었다가 이듬해 죽음을 당했다.

홍춘표 시인은 역사에 묻혀 침묵하고 있던 유배의 시원인 역사의 현장에서 사실에 충실한 진솔한 어문으로 역사 문화가 살아 숨 쉬는 선경, 화전 땅 유배문학사에 현성(顯聖)을 나타내는 뜻 깊은 역작을 집필하여 내놓은 훌륭한 저술에 치하와 함께 마음으로 경축하는 바이다.

오늘을 사는 우리는 애환이 깃든 유배문학의 진실을 발굴하여 밝혀야 하는 시대적 사명을 지니고 문화 역사의 정체성과 고유성(固有性)을 다시 확인하고 계승 발전할 수 있도록 우리에게 남겨진 문화유산을 아끼고 소중히 보존(保存)해 나가야 할 책무를 다하여야겠다.

거듭 흙 속에 숨어있는 보물을 찾아내어 향토사를 정연히 간추려 다함께 읽고 공유하게 한 《소재 이이명 매화당 습감재》의 출판을 축하하며 뜻있는 많은 분들의 필독을 권하는 바이다.

2013년 4월 20일

# 격변기 문학을 피운 삶

- 홍춘표의《후송 유의양 그날의 유배기》축사

명경지수(明鏡止水)와 같이 산과 바다가 아름다운 아득한 한 점의 신선 같은 선경(仙境)의 섬, 화전(花田) 남해는 풍광이 수려한 역사 문화의 고장입니다. 심원한 예술적 영혼 속에 고향을 사랑하는 홍춘표 시인의《후송 유의양 그날의 유배기》출간을 진심으로 격려와 함께 큰 뜻으로 저술한 역작(力作)의 노고에 찬사를 보냅니다.

유배문학의 산실(産室)로 예전부터 화전이라는 꽃밭으로 불려온 남해는 선인들의 예술적 세계를 전공(專攻)하는 사가(史家)들도 오랫동안 역사문화와 유배문학을 전하는 '문견록(聞見錄)'이 완역본으로 출간되기를 갈망해 왔습니다.

홍춘표 시인이 고향산천의 역사적 현장에서 엄정한 사실에 비추어 높고 푸른 영혼을 담아 서술한 유배역사(流配歷史) 문학의 문견록(聞見錄)은 필명(筆名)으로 남·북 유배지의 기록문학 작품으로서 최초의 한글 기행문체로 저술되어 문학적으로도 높은 평가를 받고 있습니다.

유의양은 54세 때인 1771년(영조 47년)에 홍문관 수찬, 부수찬을 지내다 삭탈관직되어 남해로 유배된 인물로 그는 올곧은 선비의 기상과 넘쳐나는 토속적 풍습이 아름다운 남해의 풍경과 함께 실록(實錄)으로 살아남아 역사문화의 고장으로 전승되어 후인들의 자랑과 더불어 향토적 생활 풍습에 동화되어 학술적 기록으로 남아 역사문화 연구에 큰 역할을 한 바 훌륭한 업적이라 경탄해 마지않습니다.

화전(花田) 남해지역의 문화적 속성을 반영한 유배문학의 필설(筆舌)에 크나큰 기대감과 쇠태(衰態)한 문화유산이 희망의 변화와 발전으로 지향하는 지표가 될 것으로 추구(追求)하며 유배문학 발굴의 새로운 전기가 되기를 바랍니다.

절해의 향취가 다채로운 남해 풍습과 문화의 전통적 관혼상제와 남해 방언이 문학예술로 나타내는 이채로운 토속적 생활풍습과 문면(文面)으로 전하는 풍광은 보고 듣고 즐기는 삶의 창조적 행동과 본성의 작용변화를 모두 여기 이 책에서 감홍과 홍분의 서사(敍事)를 느낄 수 있습니다.

홍춘표 시인은 향토 문예인으로서 토착화된 토민들과 선인들의 유배문학을 정연하게 정리하여 출판함으로써 남해기행문체의 문견록(聞見錄)《후송 유의양 그날의 유배기》 출간의 산고에 힘찬 박수로 거듭 축하를 드리며 많은 사람에게 애독되길 간원(懇願)합니다.

2012년 1월 20일

# 그곳에 가고 싶다

**가. 반구정(伴鷗亭) 가는 길**

입춘을 지척에 둔 임진강변
삭풍은 철조망을 스쳐 매섭게 강바람으로
불어오고,
철새들의 귀소의 행렬이 싸아한 하늘에
군무로 장식할 때 자유로로 돌아가는
반구정길은 조용히 낙조에 잠겼어라
모든 걸 비우시고, 청사에 청백리로
굵은 획을 그은 님은 침묵의 세월을 그렇게
넘고 있는데 썰물이 밀려나간 얼어붙은
강바닥 건너갈 수 없는 우리의 산하는
한 줄기 향수로 다가오고
끊겨진 갈매기의 울음소리는 이젠 환청 되어
먼 하늘가를 맴돌고 있구나
역사의 침묵!

그 고요 속으로 익어가는 세월에
또 봄이 오면 꽃들은 피고 밀려났던
강물이 밀물 되어 촉촉이 대지를 적시는
풍요가 오면 떠났던 갈매기는 돌아오련가?
낙조가 고운 시간
침묵은 끝 간 데를 모르고
아쉬운 기다림은 어두움으로 지나가더이다
밤과 낮
밝음과 어둠이 어디서 선을 그어 그렇게
조화롭게 사려지는가?
찬란한 태양도 해무리로 치장하며 그 황홀한
잔영을 서산마루와 물결 일렁이는 강물에
그토록 고웁게 출렁이며 넘어갈 때, 사랑이여
입 맞출지니 그 엄숙한 자연에
500년의 시간은 그 머무름이 오늘 같은데
눈을 들어 바라보는 시야는 허공
여기 내 노닐며 갈매기와 벗했노라고
방촌(尨村)의 허허로움에 임진강은 말이 없다
그리하여 우리도 말이 없었다
그 길에서……

## 나. 임진강 낙조

해짐의 거룩함이 그토록 아름다운
그곳에 가고 싶다
낮 동안의 광열한 그 밝음이 어둠으로

이어져 밤을 잉태하는 낙조의 몸부림이
해무리로 해서 금빛 찰랑이는 강물에
수놓을 때 그 천지의 조화는 참으로
황홀하였네라
서해로 들어가는 임진강 한강물이
한데 어울러 금단의 철조망 너머로
유유히 흘러 갈 때, 이를 바라보는
우리들 가슴 속엔 차분히 자리잡은
무거운 섭리로 해서
침묵은 나래를 펴고
사념은 강물 따라 흘러갔습니다
야트막한 야산 너머로 춤추는 강물의 축복을
받으며 태초의 어둠으로
사라질 때, 온갖 푸념과 잡다한
생각들을 한데 묶어 경건히 기도드리는
마음은 오직 사랑이었습니다
한과 원과 미움과 질시도
거룩할손 내일이 온다는 기약 있음으로 하여
오늘의 마침을
저토록 장엄하게 수놓을 수 있다는 것은
하루하루를 새롭게 살아가라는
묵시적 계시이며
내일의 해 떠옴에 바치는 찬란한
의식일진저
나는 차라리 그, 순간에 호흡을 멈추고 싶다

그리하여 무아의 경에 한 가닥 연기로 산화되어
자연으로 돌아갈 수만 있다면
얼마나 축복이겠는가?
삶과 죽음과 혼돈의 역사가
점철되어 들끓는 그 사바의 세계를
이토록 정갈스럽게 다둑거려 덮고
안온한 휴식을 위해 스스로 몸을
낮춰 어둠으로 들어가는 저 무한의
자애로움을 숨쉬고 있는 우리가
무엇으로 감사하고 또 어떻게 표현되어야 되는 건지
해지고 뜸이 어제 오늘이 아니고
우리가 사는 곳 어디서라도 볼 수 있지만
이토록 아름답고 숨막히게 하는
그곳, 이 계절의 그 시간은
어찌 축복받지 않은 자가 향유할 수 있다고
말할 수 있겠는가?
산마루에 걸렸어도 결코 아쉬워하거나
뒤돌아보지 않으며, 촌각의 여유도 뜸들이지 않고
그 휘황한 잔영을 밤하늘에 입맞춤하는
그 낙조는 차라리 이젠 신앙으로
자리 잡았습니다
그리하여
그리움이 서럽게 묻어나는 그곳
태고의 순수가 침묵으로 잠드는 그곳
그 찬란한 맑음이 숨죽여 사려지는 곳

내 꿈속에서 품에 안은 큰 물고기
기쁨으로 방생하고
외로운 꿈으로 남아 애닯게 뒤척이던 그곳
황량한 녹슨 철조망 너머
지친 새들의 날갯짓이 슬픔을 토하는
철새도래지 그곳
새롭게 시작하는 천년의 세월에
또 수많은 날들의 잉태를 예비하는 그곳
그곳에 가고 싶다
내 마음의 성지여 욕망의 비상을 겹허히
나래 접고 티없는 순수로 돌아가
머리 숙여 비오니
대지여 고이 잠들어다오

## 다. 달밤의 행주산성

가을—
그리하여 나는 그곳에 있었다
교교한 상짓달 열하루 달이 그토록
맑게 비추고 있는 산허리에
소슬한 가을바람은 어디서 불어 오는지
지천으로 흩어진 낙엽의
잔해를 밟으며 거니노라면
싸아한 밤공기는 옷깃을 여미게 하는데
상강이 지난 만추의 밤하늘에
정감어린 대화로 문학을 이야기하고

인생을 논하면서……

일순의 찰나와 억 겁(劫)의 세월도
뒤집어 보면 같아진다는 시간의
진리에 감탄해 하며 해맑은
얼굴에 미소를 가득 담아 그 그윽한
차향에 젖어 시간 가는 줄 모르고
이야기하던 그곳
그곳에 가고 싶다

깊어가는 가을의 찬 서리에
그 생을 다하고 미련없이
떨어지는 낙엽의 파장이
나비의 나래처럼 나부끼며
청량한 달빛에 잔잔히 무리져
내릴 때 어디서부터 오는 슬픔인지
쓰려 오는 가슴의 싸늘함이
나를 눈물짓게 하더이다

안톤 슈낙의 '우리를 슬프게 하는 것들' 중
출세한 여인의 좁은 어깨가
우리를 슬프게 하는 것이 아니라
그러한 정황들이 나의 가슴에
채울 수 없는 동공을 만들어
그것들로부터 전이된

현실이 나를 슬프게 하는가 봅니다

그 역사의 현장
분노와 함성과 민초가 흘러내린
피와 눈물이 얼룩진 아픔의 땅에
이젠 아무 일 없었던 양
태초의 고요만을 안고
도도히 흐르는 한강 물소리를
자장가 삼아 의연하게 서 있는
덕양산 머리 위에 비추고 있는
달빛을 받아 아른거리는 나무들의
실루엣(Silhouette)이 그리도 고움을 드러내던 밤

주단을 깔아 놓은 듯 포근한 낙엽을
밟고 걷는 발길은 벅차오르는
심장의 고동으로 하여
삶의 외경을 반추하느라
끝 간 데 모르는 침묵으로 흐르고……
마주앉아 담론하는 찻집의 나무 탁자 위엔
주저리 주저리 쌓인 회한의
넋두리가 빛바랜 푸념으로 맴돌고 있더이다
뒤돌아보면 과거사란 이름으로
덮어두기엔 너무나도 아려오는
기억이었기에 차라리 망각으로
저 밤하늘에 날려 보냈으면……

밤은 깊어 어김없이 자시는 다가와
갈 길을 재촉하니 그토록 고운 꿈은
낙엽과 더불어 흩어지는데
날려보낸 기억의 잔해는 고스란히
내 가슴에 아쉬움으로 파고들어
왜 그토록 진하게 남아
미련으로 덧칠하는지?

하늘을 우러러 이 밤을 통곡하나니
거룩한 산성이여
아름다운 만추의 달밤이여
조용히 흐르는 한강물이여
사라짐의 역사는 이렇게
더불어 가야만 하는가?

소중한 것은 오래 머물지 않는다고
세상사 어디 영원히 존속하는 것이
있으랴마는 이토록 정겨운 밤이
쉬이 흘러감은 이 밤과 더불어
길이 기억하고픈 가녀린 마음이 있었기에
그토록 고왔는데
누구의 시샘이 이리도 질겨
내 마음은 밤을 도와 무심으로
점철되는가?

그러나 순수는 살아있다
아름다운 사람이 머문 곳은
아름답다 했는데 동반의 행(幸)인지
함께한 이(利)인지 알 수 없어도
고요한 정적이 서글픈 웃음으로
메아리 되어 되돌아오는 곳

비록 짧게 머물러도 긴 여운이
남는 곳
삼라만상의 순리와 세태 변화의
섭리가 엄숙히 교시하는 경이로운
달밤이 어디 또 있었던가
그곳에 가고 싶다
만추의 밤 행주산성에

# 장보고와 나

어릴 적 국민학교(초등학교) 시절의 나의 별명은 장보고였다. 아마 5~6학년 때 일이다. 역사시간에 청해진 대사 장보고를 배울 때 나의 이름 장봉호와 발음이 유사하여 선생님은 물론 같은 급우들은 나를 장보고라고 부르며 한편 청해진 대사라고 놀림을 받게 되었다.

나는 그 별명이 싫지 않았고 한 편으로는 장차 커서 장보고처럼 훌륭한 인재가 되리라고 마음 깊이 다짐하면서 자랐다.

어릴 적 고향 남해바다의 수평선 넘어 멀리 돛단배나 화물선이 사라지는 걸 찬찬히 볼 때마다 알 수 없는 경이로움을 느끼곤 했다던 것도 사실은 비록 작위적인 인연이지만 항상 뇌리에 그 분의 역사적인 행적이 각인되어 꿈을 간직하고 자랐다. 지금은 남극의 장보고 기지가 많은 사람들에게 회자하고 있다.

과학 답사를 위한 남극의 세종기지가 사실은 남극 대륙이 아니고 아르헨티나 밑의 섬에 위치한 관계로 심층 있는 연구에 한계점이 있어 이젠 남극 대륙에 건설하면서 아마도 2개의 기지를 건설한다고 알고 있다.

참으로 기쁜 일이고 장한 일이 아닐 수 없다. 청해진 대사라는 별명을 들은 이후로 나는 항상 장보고의 역사적 행적을 더듬어 보는 것이 버릇처럼 되었다. 청해진이 있던 전남 완도군의 장도를 둘러보고 그 흔적을 살펴본 것은 말할 것도 없고 멀리 중국 산동성 등주 등지도 둘러보았다.

장보고는 우리나라 《삼국사기》, 중국의 《신당서》와 일본의 《속 일본후기》 등 동양 삼국의 정사에 기록된 유일한 한국인이다. 비천한 해도인으로 태어나 완고한 신라 골품제의 벽을 넘어 당나라 무령군 소장까지 올랐던 장보고(? ~846), 신라 흥덕왕은 청해진 대사라는 칭호를 부여하여 장보고로 하여금 본격적으로 해상 무역에 종사하게 하였다.

역사에 기록된 실존인물로서 산동성 등주항은 일찍이 당나라에 진출한 장보고의 근거지였고 이곳에는 석도진(石島鎭)과 적산법화원이 있었다.

그가 귀국하여 청해진 대사로 사해에 그 명성을 높이 펼쳐 해상왕국의 면모를 다듬어 나갈 때 예나 지금이나 잘된 자를 시기하고 음해하는 풍토는 역사의 진행형인지 왕실을 넘본다는 핑계로 사문역적(斯文逆賊)으로 몰아 죽인 역사적 아픔을 나는 나의 일처럼 여겨 비분강개했다.

나는 과거 관광사업 분야에 종사하면서 우연한 기회에 중국 산동성 정부의 문등시 개발 계획 수립에 참여하게 되었다. 결국 성사되지 못한 일이지만 계획서 자체는 중국 당국에 제출한 바 있으며 지금도 그 방대한 계획이 성사되었으면 우리나라가 중국에 진출하는 데 조금이나마 도움이 되지 않았을까 하는 마음이 들 때마다 아쉬운 생각이 앞선다.

이를 계기로 1995년도에 중국 산동성 명호호텔 총지배인과 서울 로얄호텔 총지배인 간에 우호협정(자매결연)을 맺을시 내가 알기로는 수교 이후 처음으로 민간차원에서의 행사인지라 태극기와 오성기를 세우고 협정을 조인할 때 감격은 실로 컸다.

그로 해서 중국 당국의 초청으로 중국을 방문하였을 때 사전에 꼭 산동성을 택한 것은 나의 꿈으로 자리잡은 장보고의 유적을 둘러보고픈 마음이 앞섰기 때문이었다. 청해진 대사가 비운에 가신 지 1300여 년 후 산동성에 여의도의 8배 정도의 땅을 계약하여 관광단지를 조성하려 했던 꿈이 물거품이 되고 나니 허탈한 마음 참으로 가눌 길 없었다.

1300년 후 장보고의 후예가 중국에 진출하려던 꿈 말이다.

검푸른 바다(현해탄)를 자기의 영역으로 만들어 버린 그 웅혼한 야망은 일본 왜구의 노략질과 선진 중국 당나라 졸도들의 해상 횡포로 많은 신라인들이 포로 아닌 포로로 잡혀가 이국땅에서 신음하고 있던 참상을 목격한 장보고는 분연히 결심하고 신라로 귀국하여 완도 장도에 청해진을 건설하고 일본과 중국 남지나해로 뻗어가는 해상의 길목 요충지인 완도 장도에 청해진을 세우고 3국의 해상로를 호령하고 다시는 해적들이 날뛰지 못하게 한 바다의 영걸이었다.

지금도 일본에서는 당대 제일의 엔인스님이 중국에서 수도생활을 마치고 일본으로 돌아가는 데 험한 바닷길을 안내하여 무사히 일본에 도착하는 데 결정적인 은혜를 입은 스님은 일본으로 돌아가 장보고를 해신으로 추앙하고 사당(절)을 세워 장보고의 영혼을 위로하고 있는 것이 일본 불교사에 기록으로 남아있다.

뿐만 아니라 세계의 석학들도 장보고의 평가를 높게 하는 바 동아시아 역사 연구가인 에드인 라이사워의 평가는 "장보고는 세계 역사상 가장 현란했던 해상 상업제국의 무역왕이었다"라고 술회하고 있지 않은가.

현재 세계 해양을 제패하고 있는 미국은 1820년 해군 전략가 「알포레

드 마한」이 그의 저서 《해양역이 역사에 미치는 영향》에서 해상 무역을 통해 부를 축적해야 한다고 설파하여 오늘날의 세계 최대 무역국가로서 군림하고 있지 않은가?

우리의 영웅 장보고는 벌써 9세기에 바닷길의 중요성을 인지하고 동아시아 바닷길을 평정하였다니 참으로 장대한 일이 아닐 수 없다.

얼마 전 신문지상에서 우리나라 대외 무역 규모가 1조 달러를 넘어섬으로써 세계 10대 무역국가로 자리잡았다고 하면서 앞으로 2020년대에는 무역 2조 달러 시대가 돌아오는데 그땐 해상 교통로는 상선이 운행하는 바닷길로 한국 수출물동량 98%가 운송된다고 전망하고 있다.

참으로 장하고 가슴 뿌듯한 일이 아닐 수 없다. 우리나라의 해상 길목을 지키며 후손들에게 꿈과 용기를 심어준 역사적인 인물 장보고, 부디 영세토록 우리의 근해뿐만 아니라 세계 5대양에 당신의 꿈이 우렁차게 펼치도록 돌봐 주시기를 기원 드린다.

청해진 대사의 별호를 지닌 후손 장봉호는 장보고 대사님의 극락왕생을 다시금 부처님께 빌어 드린다.

# 심우장(尋牛莊), 침묵의 함의(含意)는?

역사의 침묵이 도도히 흐르는 심우장(尋牛莊) 뜰에서 숱한 찰나가 교차하는 순간에 만해 한용운, 당신의 절규는 무엇을 말하는가?

이곳 지층의 울림이 지축을 흔들고 나아가 세상을 바꾸는 결기가 영그는 불가사의한 침묵의 함의(含意)는 무엇이며, 왜? 우리는 만해이어야 하는가?

당신의 넋이 깃든 이곳에 겹겹이 쌓여 있는 피맺힌 울분과 눈물과 그리고 고결한 이상과 못다한 회한을 우리는 알아야 한다. 공약삼장, 님의 침묵, 북향의 좌(坐)에서 지금은 늦었지만 이제라도 우리는 시작하여 당신의 정신을 살려 놓아야 한다.

세익스피어는 '희망은 사상' (hope is thougth)이라고 한 것처럼 당신의 못다한 조국 독립의 사상은 이제 우리가 계승하여 힘차게 일구어 나갈 것이다.

만해여, 심우장에서 고이 잠드소서.

— 비 오는 심우장 뜰에서

# 노벨문학상을 예(禮)로써 찬(讚)하다

너무 오랜 시간동안 너무나도 긴 터널을 헤쳐 오느라 어둠 속에서 많은 시간이 걸렸고 삶과 죽음의 질곡 속 갈림길에서 우리는 결코 좌절하지 않고 한 가닥 여명을 바라보며 오늘에 이르렀다. 남과 북, 언어와 문자가 동일한 같은 민족이라는 천혜의 바탕 속에서 우리 민족의 선천적 품부는 화애가 아니던가.

이제 우리들 남북의 문인들이 이루고자 하는 역사는 세계 문학사에 빛나게 그 기치를 높이 들어 '우리는 하나' 라는 명제를 앞세워 문학의 본질에 다가가 고유한 우리 민족의 우수성과 홍으로 점철된 유구한 역사의 바탕에 깔린 참 삶을 일깨워 크게 포효하려는 것이다. 문학하는 지성인들은 자기가 하고 싶은 일을 하는 것이 아니라, 해야 할 일을 하는 사람들로 이젠 그 시대적 사명감이 바로 우리 앞에 다가왔다고 본다.

모든 시대적 흐름과 변화의 조짐이 아름다운 변화의 원천이 될 수 있다는 확고한 신념으로 자리잡아 조용히 밝음으로 다가가고 있다. 그동안 얼마나 오랜 세월을 가슴에 묻어둔 한과 원으로 해서 침묵으로 지내

왔던가?

그리움이 침묵이면 모든 것이 끝이라 했는데, 남북한 문인들의 침묵은 끝없이 뻗어나 되려 침묵을 모르고 지나온 것이 아닌가 싶다. 이젠 새로이 굳건히 해야 할 때가 왔다.

이데올로기에 빠져 미학적 진영 논리에 스스로 가두지 않고 시를 쓰고, 문학을 논하는 작가로서 세계문학사에 거리낌 없이 다가갈 때 하늘은 스스로 돕는 자를 돕는다는 것을 굳게 믿으며 새로운 출발을 시작해야겠다.

그동안 우리들은 혼탁한 시대상황에서 고난 좌절에 부닥치면서 많은 외상을 입고 살면서 그보다 더 아픈 것은 정신적 내상이었다. 이 내상을 치료하는 데 명약은 좋은 문학 작품을 읽으며, 쓰며, 남북이 동류의식으로 교류하며, 사귀는 그런 정양이 필요한 시점에 다가온 것이라 믿는다.

남과 북으로 갈라서서 지내온 우리들 문학인들은 누가 굳이 괴롭히지 않아도 혼자 충분히 괴로운 사람들이다. 모든 존재에는 그 나름의 역사적 운명이라는 게 있다는 하이데거의 말을 빌리지 않더라도 문학은 고뇌하는 인간을 다룬다고 하지 않던가. 잊혀져가는 소멸의 애착이 삼천리강산에 엉키면 신덕을 길러 글쓰기를 원하지 않던가?

고졸하면서 애틋한 역사의 비장함을 느끼며 살아온 우리 문인들이 아닌가? 신산한 삶을 살아온 우리 세대에 삶은 여전히 지불유예에 머물고만 있어야만 했던가? 그러나 이젠 잊고 살아온 자유, 사라진 영광, 무지로 묻혀진 진실과 새로이 돋아나는 신탁의 업보를 털고 일어나 숨겨진 긍정의 환희를 위하여 과연 오늘을 맞이한 우리들은 무엇을 해야 할까?

주지하시다시피 우리 민족은 위대한 역사와 문학의 토양 위에서 살아왔다. 신라의 향가와 이두문자, 혜초의 왕오천축국전의 위대한 기행문을 읽으며 자부심을 느끼고, 서동요에 함축되어 있는 신라와 백제간의 민속의 이야기가 바로 우리들 문학의 원류가 아니겠는가?

고구려의 천신사상에 바탕을 둔 가무제의에서 문학을 바탕으로 하여 호태왕(광개토대왕)의 웅혼한 비문에서 보듯 찬란한 역사와 문장으로 쓰여진 기록을 대할 적마다 우리의 혈관 속에 넘쳐 흐르고 있는 문학적 민족혼은 오늘에 되살려 문화 민족임을 세계만방에 문학으로 말할 때가 된 것이다.

남북의 문학인들이여, 이젠 우리 뜨겁게 손잡고 가슴으로 정을 통하여 세계문학사에 우리 민족의 위대성을 글로 옮겨 이제까지 보류되어 온 노벨문학상을 본궤도에 자리 잡은 한반도 문단으로 가져와야겠다.

인류의 진정한 역사는 인류문명과 문화의 총합에 선각자들이 기여한 업적 속에 있기 때문이다.

오늘의 남북 문학의 지평을 열어주신 분은 일찍이 불교에 귀의하여 한국불교 포교의 산 증인으로 현 한국불교문인협회 회장을 맡아 오신 선진규 법사님의 형안과 피맺힌 노고가 가져다 준 결실이어서 새로이 거듭나게 된 것이다,

정말 고맙고 감사한 업적을 우리들 가슴에 깊이 새기어 새로이 탄생하는 통일문학의 기초가 잘 다듬어져 길이 빛나기를 염원해 본다.

서포 김만중 선생 초옥

# 4부

# 그리움의 좌표

# 목련송(木蓮頌)

하마 그날이련가
하늘과 땅 사이에 화사하게 피어난 너로 해서
봄은 그토록 수줍어 말을 잃고
밤은 시간을 멈추던 날
천사의 나래가 곱게 드리운 듯
그렇게 피어난 너의 자태는 바라보는 눈가에 이슬이 맺히고
향기에 젖은 가슴은 황홀에 젖어 숨쉼을 멈추었나니
꽃이여, 아 목련이여
별빛이 이슬이 되어 소담한 자태 위에 소리없이 내리면
깊은 사유는 물처럼 흘러 자욱히 안개가 되고
눈 시리게 아름다운 백설 같은 자태는 그대로 천사여라.
세세연년 피고 또 피고
전설을 머금은 꽃말은 하늘을 날아 무지개로 채색되어
가슴과 가슴으로 이어지면
세상은 온통 사랑으로 꽃 피울지니
　　　—목련이여 영원하여라.

어느 날인가
사월의 지평 위에 아지랑이 자욱히 흐르면
잎새 하나 없는 꽃봉오리 하늘로 오르고 물오른 나뭇가지에

풍요가 깃들듯 백관(白冠)은 아홉 잎 거느리고 봄날을 수놓더이다.
낙화유수이던가 흐드러지게 핀 꽃잎이
바람에 날려 지천으로 흩어지면
아쉬운 마음에 봄날은 가고
그리하여 세월의 흐름이 잠시 머물다 간 대지 위에
봄비가 내리면 꽃은 또 어디로 떠나야 하는가?
처연한 뒷 모습에 눈길을 거두면 꽃잎은 바람을 안고
생각의 언저리를 맴도나니
　　　—목련이여 아름다워라.

혹한의 삼동(三冬)
그 인고의 세월을 견디고 나목(裸木)의 등걸 위에 정겹게 피어오르면
선녀이런가 순백의 꽃잎은
순결로 치장하고 아무것도 가릴 것 없는
고고한 위엄으로 내 여기 봄을 동반해 왔노라고.
마음 깊이 간직한 사랑의 씨앗은
눈물의 토양 위에 침묵으로 뿌리 내리고
외로움에 길들여진 꽃잎은 시리도록 아픈 하이얀 넋으로 남아
우러러 하늘에 통곡하나니
어느 세월에 안주할 터전에서 숨 고르며 살아갈 건가

혼연히 왔다가 아낌없이 순백으로 피어나
미련없이 순수로 돌아가는 꽃이여 길이 각인하리니
—목련이여 거룩하여라.

태초에 꽃이 피어 온 천지를 아름답게 장식하더니
만화방초라 일렀던가
앞 다투어 색상과 모양새를 시샘해 뽐내는데
오로지 원초적 미색 하나로
치장은 멀리하고 고요히 단장한 너 목련으로 해서
세상은 참으로 빛나고 아름다웠어라.
너그러운 꽃 사슬로 모든 걸 품에 안고 감싸고 드는
그 사랑 그 자비 견줄 데가 없어라.
자욱히 내리는 이슬로 씻어내고
청아한 솔바람으로 신비를 잉태하나니
거룩할 손, 바람에 실려오는 소리는
이 가슴 저미는 영혼의 소리인가
그 누구도 범접 못할 신비의 영역에
때맞춰 피고 지는 겸손한 역사(役事)는
참으로 고결하고, 다소곳이 자리한 품위는 성화(聖花)로 매김되어
그 품격은 하늘로 높이 오르나니

—목련이여 성스러워라.

희망찬 봄동산 경건한 신전으로 치장하는 꽃빛보다 더 맑은
울음은 어디메서 들려오는가
목련꽃 피는 동산에 행여나 달이 뜨면 어이 할 건가
울음도 그쳐 버린 화석의 내공에 어둠을 밝히며 돋아나는
흰색의 조화여
광활한 허공, 그 여백에 숨겨진 사랑으로 산화되어 가는
성서로운 흰빛이여
참담한 고독에 견딜 수 있는 진정한 힘은
목련이여 어디에 있습니까?
섬광처럼 스쳐가는 눈빛 속에
머무를 수 없는 슬픔일랑 숙명으로 치장하고,
그래도, 나 여기 있음을 자위로 위안할 때
해맑은 목련 웃음으로 화답하누나
친화(親和)의 사유(思惟) 속에 연륜의 두꺼움을 느끼면
이렇게 세월만 가게 하는가?
　　—목련이여 사려 깊을지니.

얼마나 외롭고 순수하길래 하얀 피를 쏟아내며 피어 있는가?

봄바람에 떨어져 내리고서야 자유로와지는 꽃잎으로 해서
밤마다 울음 우는 사연은 무거운 침묵으로 화석이 되어
하마 천년을 지키리라.
뒤척이다 잠 못 이루는 밤
가만히 눈 감으면 살포시 다가와 피어나는
흰 꽃은 할 말일랑 아예 접어두고 웃음으로 반기다가
눈뜨면 조용히 멀어져 가는 꽃이여
평화로운 밤 살아온 기억들이 하나둘 꽃잎처럼 쌓이면
그 귀함을 무엇으로 소담히 쓸어담아 고이 간직할까
마음에 담아두기엔 너무도 두려운 꽃잎이기에
슬픔이 묻어나는 흰 빛깔을 붉은 심장에 처연히 담아놓고
통곡의 벽을 두드리라
찬란하게 쓸쓸하고 눈부시게 행복한 꽃
　　　　―목련이여 하늘이 눈부시다.

바람 따라 멀리 간 꽃잎을 그리워하며
야삼경에 불러보는 천 번의 외침이 하늘에 닿았는가
몽롱한 꿈속에 뚜렷이 나타난 목련이여
반기며 노닐다가 아쉽게 깨어난 후에도
그렇게도 기쁨이 가득한 것은

가슴에 새겨둔 거룩한 영상이 생각을 멈추게 함이어라.
언제나 놓치기 아쉬운 봄 이야기를
"가을 바람에 풀벌레 슬피 울 적에
외로움에 그대도 잠 못 이루리"
꽃잎의 노래 소리 들으면 내년 봄 다시 필 목련을 기다리며
죽음처럼 침묵으로 살아가야 하는가
내 영혼의 아픔을 딛고 피어난 꽃이기에
가슴을 헤집고 피 흘리며 감싸노라
아물지 못하는 상처로 해서 긴 고뇌의 밤이 적요하게 찾아와도
하늘의 별빛은 축복의 빛을 밝히는 밤
—목련이여 길이 빛나라.

봄비가 개이고 목련이 화려하게 피어난 날
때 맞춰 보름달 만월이 뜨면 어이 할 건가
하이얀 꽃잎이 달빛을 머금으면
이토록 아름다운 조화는 신비의 극치려니
꽃중에 꽃이어라
곱게 피었다 지면 떨어져 밟히고
흙에 묻히는 성속(聖俗)이 교체되어도
태연히 그 길을 가는, 그리하여 내년을 기약하는 찬란한 의지는

염량(炎凉) 세태를 슬기로 넘나듦이라
순하디 순한 겉 모습에서 유순함이 넘쳐 흘러도
슬기로운 마음의 줏대 옹골차게 지키어도
온화한 위엄 꽃향기처럼 빛난다.
그 빛을 보노라면 스스로 분해되어
산화되는 아련한 느낌에 젖어드는 것은
부여잡을 수 없는 환영으로 해서 더더욱 슬퍼지고
계절의 조화가 돌이킬 수 없는 공허로 자리 매김하면
꽃은 또 내 가슴 속에 조용히 뿌리 내리는가
　　　　—목련이여 신비로워라.

목련, 그대를 위하여 비워논 공간이 너무 넓어
비바람 온통 휘집고 돌아가는 휑하니 뚫린 동공 속에
세찬 바람은 잠들 줄 모르고 그 아픔으로 잉태된
그리움은 하얀 꽃으로 피어 고독으로 자리잡았습니다.
이젠 피할 수 없는 무게로 가슴을 짓눌러 오면
오뉴월 염천에도 한기를 느끼는
그리하여 나는 서럽습니다.
아름다움이 우리를 구원하리라는 신념을 키우며
꽃을 피우는 마음이

평온해지면 눈물 짙은 향기를 취하도록 맡아 봅니다.
저만치 가까이 다가오는 목련이 있기에 세상은 늘 고왔고
멀리서 바라보는 귀함으로 해서 삶의 의미가 살찔 때
하얀 수맥이 얼마나 깊게 자리잡았길래
조용히 외경을 속으로 다독이며
바라보는 이의 가슴에 전달하고픈 슬픈 전설을
밤 새워 외워 봅니다.
—목련이여 향기로워라.

선녀 같은 몸짓과 동자승 같은 웃음으로
천사같이 다가온 목련이여
숨겨진 거룩한 뜻은 목란(木蘭)이라 하였던가
밤안개 짙게 드리운 몽환적 정경이 펼쳐지면
밤잠을 잊고 그 속에서
몽유하고픈 충동에 젖어 밤을 지새노니
강렬한 흰빛은 내 몸에 스며들어
핏빛마저 하얗게 바뀌지는 감미로운 환상에 젖어든다.
삶의 겸손함과 사랑 이야기의 깊은 울림이
맑고 그윽한 색상으로
온통 천지가 흰색으로 치장하면

공허함을 극복한 안온한 마음이 정겹다.
하얀 색감에서 전이되어 온 차가움이
시간이 지나 따스하게 느껴질 때
모든 걸 잊고 또 버리리라.
삶의 지표는 어디메에 두는가
진정코 뜨거운 가슴으로 말하노니
—목련이여 사랑하노라.

# 장봉호 시인의 장시 〈목련송〉 해설

– 해맑은 에스프리로 영롱한 불가(佛家)의 눈부신 이미지 승화작업

홍윤기

일본센슈대학 대학원 국문학과 문학박사(시문학)
국제뇌교육종합대학원대학교 국학과 석좌교수(현)
(사)한국문인협회 고문(현) 국제펜클럽한국본부 고문(현)

"세세연년 피고 또 피고/ 전설을 머금은 꽃말은 하늘을 날아 무지개로 채색되어/ 가슴과 가슴으로 이어지면/ 세상은 온통 사랑으로 꽃 피울지니/ —목련이여 영원하여라."

이렇듯 절절하게 목련(木蓮)꽃을 노래하며 21세기 벽두의 한국시인 장봉호는 한국 현대서정시의 새로운 리리시즘 시어 창출로써 고결한 불타(佛陀) 정신을 승화시키고 있다. 어쩌면 화자는 목련꽃을 숭고한 관음보살의 가장 순결한 한 여성상으로서 설정하여 미화(美化)시킴으로써 메타포하고 있는지도 모른다.

이는 독자로 하여금 이 장시를 더욱 고답적인 감동으로 이끄는 빼어난 시작 수법이다. 그렇다. 장봉호는 목련을 의인화 작법으로 강렬하게 투영시켜 끝내 불교적 섭리를 추구해 내려고 하는 하나의 새로운 문학적 질서를 제시하고 있다.

이렇듯 참신한 시적 방법론은 오늘의 한국 불교문학 시단에서 뿐 아니라 널리 국내외 시단에 대한 장봉호 시인의 문학적 역량의 역강(力

強)한 창조력의 발현이다.

오늘의 첨단과학 속에 우리의 다목적 고도 산업화 사회를 형성한 장족의 값진 족적을 시인이 문명비평의 시각에서 불교정신으로 정화(淨化) 승화시켜 고뇌의 중생들을 구원하려는 눈부신 시세계 전개이기에 자못 감동이 크지 않을 수 없다. 오늘의 많은 시의 소재가 진부하고 또한 매너리즘(mannerism)에 빠진 그런 틀에 박힌 유형적인 묘사에 치우쳐, 독창성이며 참신성이 결여되고 있는 것을 대할 때, 숭고한 불도(佛道)를 통해 삶의 본연을 목련꽃으로써 의인화(擬人化)하는 솜씨를 보여주는 실로 빛나는 시적 상상의 이미지가 꽃피고 있다.

"혹한의 삼동/ 그 인고의 세월을 견디고 나목의 등걸 위에 정겹게 피어오르면/ 선녀이련가 순백의 꽃잎은/ 순결로 치장하고 아무것도 가릴 것 없는/ 고고한 위엄으로 내 여기 봄을 동반해 왔노라고/ 마음 깊이 간직한 사랑의 씨앗은/ 눈물의 토양 위에 침묵으로 뿌리 내리고/ 외로움에 길들여진 꽃잎은 시리도록 아픈 하이얀 넋으로 남아/ 우러러 하늘에 통곡하나니/ 어느 세월에 안주할 터전에서 숨 고르며 살아갈 건가"라고 호소하는 해맑은 에스프리(espri/프, 精髓), 그 영롱한 이미지들로 잘 엮어진 고차원의 새타이어(satire)야말로 우리 민족사의 아픔의 차원에서도 삶의 진실을 구휼하려는 사랑의 심도 있는 규명이다.

그것은 장봉호 시인만의 독특한 로맨티시즘 시작 표현 수법으로써 독자를 압도하고 있다. 더구나 존재적 센티멘탈한 감상성이 전혀 배제된 점에서 이 작품은 역동적인 가편(佳篇)이다. 짙은 서정미와 더불어 주지적인 시어 구사의 미감(美感) 또한 돋보이고 있다.

그렇다. 시가 새롭다는 것은 무엇인가. 현대시의 새로운 오브제(object, F)의 시미학적 대상 처리가 자못 신선하다. 지금까지 한국시단에서 수많은 사랑과 아픔의 구경(究竟)을 삶에의 진실로 이끌어내려는 시작품이 나왔거니와 이제 우리는 장봉호의 관념을 눈부시게 극복한 불가수신(佛家修身)의 시문학 형상화 작업으로서의 한국 시문학사에 남길 만한 매우 값진 시작품을 생산해 낸 것임을 이 장시 〈목련송(木蓮頌)〉을 통해 고찰하게 된다.

"광활한 허공, 그 여백에 숨겨진 사랑으로 산화되어 가는/ 성서로운 흰 빛이여/ 참담한 고독에 견딜 수 있는 진정한 힘은/ 목련이여 어디에 있습니까/ 섬광처럼 스쳐가는 눈빛 속에/ 머무를 수 없는 슬픔일랑 숙명으로 치장하고/ 그래도, 나 여기 있음을 자위로 위안할 때/ 해맑은 목련 웃음으로 화답하누나" 고 노래하는 장봉호는 세련된 시각과 청각 묘사 속에 공감각적인 오묘한 불법(佛法) 이미지 처리로써 독자를 완전히 압도하는 빼어난 메타포의 테크닉을 보여주고 있다.

시인은 우선 천품(天稟)을 타고나야 한다면 나는 주저없이 장봉호를 꼽는다. 시는 만드는 것이 아니라 영감(靈感)이라는 인스피레이션을 현실 세계에서 세련된 시어 구사로써 투명한 에스프리로 처리하는 언어 형상화의 빛나는 작업이다. 나는 시인을 가리켜 일종의 '영혼의 엔지니어' 라고 주장해 오고 있기 때문에서다.

시인이란 일상 속에서 정신세계의 진수를 눈부시게 이미지화 시킬 때, 그를 가리켜 우리는 '유능한 시인' 이라 부를 수 있다. 특히 '영혼의 엔지니어' 장봉호는 이미지들을 '개성적' 으로 알차게 형상화시키는 뛰어난 테크닉으로서 한국현대시단에서 장차 크게 주목받게 될 것을 이 사람은 확신한다. 시인이 시적(詩的) 자아를 올바로 파악하기 위해서는 인간 일반으로서의 '나' 가 아닌, 공인으로서의 삶의 진실을 추구하는 대사회적(對社會的)인 '나' 의 존재를 인식하는 일이다.

그와 같은 인간 개인으로서가 아닌 공인으로서의 대사회적 '자아인식' 이야말로 "봄비가 개이고 목련이 화사하게 피어난 날/ 때맞춰 보름달 만월이 뜨면 어이 할건가/ 하이얀 꽃잎이 달빛을 머금으면/ 이토록 아름다운 조화는 신비의 극치려니/ 꽃중에 꽃이어라/ 곱게 피었다 지면 떨어져 밟히고/ 흙에 묻히는 성속(聖俗)이 교체되어도/ 태연히 그 길을 가는, 그리하여 내년을 기약하는 찬란한 의지는/ 염량세태를 슬기로 넘나듬이라" 고 엮어내는 장봉호 시 〈목련송(木蓮頌)〉에서처럼 시적인 독창성 형성 과정에서의 '개성' (personality)의 참다운 파악이다. 영혼의 엔지니어인 시인에게서 詩에너지의 '파워', 즉 '詩힘' 이 그의 눈에 보일 때, 바로 그 '모멘트' (moment)에 비로소 시작업(詩作業)이 성공하고 있음을 직감하게 된다.

장봉호 시인은 '목련꽃' 의 순수가치와 그것의 참다운 삶 속의 공헌이라는 눈부신 순간의 모멘트를 예리하게 포착하여 메타포하고 있다. 여기서 내가 말하는 모멘트라는 것은 끊임없이 쉬지 않고 움직거리고 있는 운동(인스피레이션, 靈感)이 일으켜 주는 한 순간, 한 순간의 중대한 에너지를 말한다.

이를테면 기다란 작대기의 양쪽을 쥐고 힘껏 굽혀서 꺾을 때, 힘의 압력에 의하여 작대기가 딱하고 부러지는 순간에 우리는 물리적인 힘의 모멘트를 목격할 수 있다. 그와 같은 모멘트는 힘의 크기며 깊이 그리고 너비 등을 단호하게 결정짓는다. 이것이 詩의 경우는 시어(詩語)가 베풀어 주는 '신선한 충격' 의 크기며 깊이와 너비로써 비유될 수 있다.

이를테면 "언제나 놓치기 아쉬운 봄 이야기를/ 가을 바람에 풀벌레 슬피 울 적에 외로움에 그대도 잠 못 이루리/ 꽃잎의 노래 소리 들으면 내년 봄 다시 필 목련을 기다리며/ 죽음처럼 침묵으로 살아가야 하는가/ 내 영혼의 아픔을 딛고 피어난 꽃이기에/ 가슴을 헤집고 피 흘리며 감싸노라/ 아물지 못하는 상처로 해서 긴 고뇌의 밤이 적요하게 찾아와도/ 하늘의 별빛은 축복의 빛을 밝히는 밤/ ―목련이여 길이 빛나라" 는 메타포야말로 눈부신 '목련꽃' 의 대가에 대한 찬양이며, 그것은 미구에 인간 사회에로의 릴리프(구원)라는 불교적 숭고한 정신의 미학을 시문학으로써 성공시키고 있는 일이다.

이 시를 읽은 독자들이 순간적으로 그 즉석에서 수용하는 모멘트의 크기며 깊이와 너비가 얼마나 중요한 것인지 수준급의 독자들은 잘 알고 있을 줄 안다. 그러므로 우리는 장봉호 시인처럼 신선하고 활력 있는 시어만을 캐내야 한다. 시를 창작하는 일은 곧 시어에다 생명력을 불어넣어 주는 작업이다.

특히 시인은 '운율어' (韻律語)를 통한 영혼(soul/ spirit)의 엔지니어라는 것을 스스로 파악하면서 낱말 하나하나를 가지고 장봉호처럼 옥을 갈고 다이아몬드를 깎는 것과 같이 이미지 구상화에 심혈을 경주하여 시어를 탁마할 일이다. T. E. 흄이 "이미지는 시의 생명으로서 바탕을 이루어야 한다"는 그의 강력한 이미지즘(imagism)의 주창처럼 성공하고 있는 것이 장봉호 시인이라면 과찬일까.

필자는 한 시인의 시작업이 한국 시문학사에 있어서 얼마나 값지고 숭고한 역할인지 깊은 애정을 가지고 모든 시를 열심히 읽고 있거니와 '목련꽃' 을 연정적인 향그러운 정념의 심성으로서 이미지의 군더더기 없는 깔끔한 삶의 윤리적 시세계 형성에로의 순수가치 메타포 작업은 아직 한국시단에서 제대로 찾아보지 못했다.

일찍이 영국 시인 T. S. 엘리엇(T. S. Eliot, 1888~1965)은 시창작(詩創作)의 현장을 '작업장' (作業場)으로 비유하면서, 동시에 시비평(詩批評) 방법으로서의 '워크샵 크리티시즘' (workshop criticism/ 작업장 비평)을 주창(主唱)했다. 그것은 타성적이며 진부하고 고루한 종래의 낡은 시작(詩作) 행위를 탈피하여 참신한 새로운 시의 경지(境地)를 구축하자는 것이었다. 이는 엘리엇의 신고전주의(新古典主義) 문학론의 전개 과정에서 등장한 방법론이기도 했다. 즉 소재(素材)가 낡았다 하여 작품의 내용이 낡은 것은 아니다. 기존의 제재(題材)를 가지고 얼마나 새롭게 쓰느냐 하는 것에 그 시인의 능력을 평가할 수 있다는 것에 새로운 포인트를 맞추고 있다.

"선녀 같은 몸짓과 동자승 같은 웃음으로/ 천사같이 다가온 목련이여/ 숨겨진 거룩한 뜻은 목란(木蘭)이라 하였던가/ 밤안개 짙게 드리운 몽환적 정경이 펼쳐지면/ 밤잠을 잊고 그 속에서/ 몽유하고픈 충동에 젖어 밤을 지새노니/ 강렬한 흰빛은 내 몸에 스며들어/ 핏빛마저 하얗게 바뀌지는 감미로운 환상에 젖어든다"고 귀결짓는 시인 장봉호의 대표시로 〈목련송(木蓮頌)〉은 앞으로 우리 시단에서 뿐 아니라 내외에서 높이 평가되리라 확신한다.

이 작품에서 필자는 장봉호 시인에게도 엘리엇적인 로맨티시즘의 신고전적 해석이 시의 인스피레이션(靈感)으로서 작용하고 있다는 것을 파악하게 되었다. 우리에게도 '온고지신'(溫故知新)이라는 훌륭한 가르침이 있다.

그와 마찬가지 견지에서 이 작품을 대하며 시인이 다루는 소재는 불교적인 옛것이로되 새로운 이미지(image)의 시창작적 전개를 하고 있음을 더욱 새롭게 인식할 수 있었다. 즉 역사의 오랜 종교적 제재(題材)를 가지고 얼마나 참신한 콘텐츠(contents)를 엮어내느냐에 따라서 그 시인의 역량이며 뛰어난 이미지화의 표현력이 나타나기 마련이다. 더구나 이 시 전체로서의 다양하고도 다채로운 상징적 메타포(metaphor, 隱喩)는 수사(修辭)의 하이퍼볼(hyperbole, 誇張法)을 도입하면서도 자연스러운 신선한 이미지 창출 성과를 이루고 있어 장봉호 시인의 빼어난 시재(詩才)를 평가하지 않을 수 없었다.

"삶의 겸손함과 사랑 이야기의 깊은 울림이/ 맑고 그윽한 색상으로/

온통 천지가 흰색으로 치장하면/ 공허함을 극복한 안온한 마음이 정겹다/ 하얀 색감에서 전이되어 온 차가움이/ 시간이 지나 따스하게 느껴질 때/ 모든 걸 잊고 버리리라/ 삶의 지표는 어디메에 두는가/ 진정코 뜨거운 가슴으로 말하노니/ —목련이여 사랑하노라" 고 장봉호는 마지막 스텐자로써 유능한 시인은 세련된 은유의 기법을 통하여 기성적(旣成的)인 관념을 불식하면서, 새로운 가치관의 미학적 이미지를 엮어낸다.

장봉호 시인은 '목련꽃' 을 제재로 동원하여 오늘의 혼란 극치의 시대를 정화 극복하려는 시창작법으로서 이 시대가 새롭게 요구하는 시창작의 새로운 형상화(形象化) 작업을 이루어내고 있다는 것을 거듭 깨닫게 하고 있다.

이 사람은 강단에서 항상 "현대시는 메타포에 의해서 그 생명력을 발휘한다" (홍윤기, 《詩창작법》 한림출판사, 1991)라고 주장해 왔거니와 장봉호 시인의 오늘의 신선한 메타포 수법은 하루아침에 형성된 것이 아닌 오랜 숙성의 탁마 과정에서 우러난 참詩의 전형이다. 그러기에 독자들로 하여금 오로지 감동적일 따름이다.

이 장시에 담긴 장봉호 시인의 작품은 문자 그대로 시인이란 새로운 노래(서정시)를 창작하는 자랑스러운 작업인이라는 것을 여실하게 보여주었다. 오늘의 한국 시단의 시편(詩篇)들을 대하자면 이른바 '이야기' 가 '노래' (詩) 대신에 범람하고 있어서 적이 걱정스럽던 차에 장봉호 시인의 리리시즘의 서정미 넘치는 시편들을 대하는 것이 너무도 반가웠다.

그는 이렇다 할 테크닉(technic, 技巧)을 구사하고 있지 않은 것 같으면서도, 이 작품이 이미 내재(內在)시키고 있는 뚜렷한 기교적 콘텐츠가 그득히 영근 이미지로써 충일하고 있다. 그것은 곧 현대시의 시작법

(詩作法)에 있어서 '기교 아닌 기교' 라고 하는 고도의 표현 수법의 구사이다. 거듭 밝히자면 장봉호 시인의 타고난 천부의 재질 또한 여기에 포함된다. 왜냐하면 시는 '발상' (發想)의 언어적 미학(美學)의 소산(所産)이 아닐 수 없기 때문이다.

춘하추동 사계로 작품의 스테이지를 전개시키며 시의 주제를 계절의 변화라는 다양한 시적 배리에이션(variation)의 변주 속에서 여과시키며 환상적 이미지의 동어 반복의 기교적 처리가 잘 다듬어진 세련된 시어(詩語)로 빼어나게 메타포되고 있어 독자에게 정서적 감흥을 배가시켜준다.

이 장시 〈목련송(木蓮頌)〉은 결코 '이야기' 가 아닌 '운율' 을 바탕으로 하는 살아있는 생생하고 신선한 '노래' 라고 굳이 강조하고 싶다. 그러기에 필자는 '서정시' 가 '현대시' 로서 한국시단을 빛내주어야 한다고 항상 주장해 오고 있다.

일찍이 1960년대 초에 나는 외우(畏友) 신경림(申庚林) 시인과 인태성(印泰星) 시인 등 셋이 '목요시 동인' 운동을 하면서 이른바 '이야기시' 란 '시' (詩)가 아닌 '비시' (非詩)라고 자주 논의했던 일이 문득 떠오른다. 어찌된 셈인지 요즘 '이야기시' 가 부쩍 한국시단에만 나타나고 있다. 필자가 다녀 본 외국 시단에서는 좀처럼 찾아볼 수 없었다. 말하자면 이야기의 나열은 시가 아닌 일종의 산문적 논술의 기현상이다.

그러나 다행스럽게도 우리는 여기 장봉호의 참신한 리리시즘의 형상화 작업과 조우했다. 이 작품의 눈부신 대단원을 이루는 시적 로맨티시즘의 서정적 표현미 묘사는 뛰어난 시어 구사와 안정된 이미지가 조화로운 서정 세계다. 화자의 공감도를 드높여주는 메시지로 넘치는 이 작품은 전편적으로 불교적 구도시(求道詩)이며 모든 독자를 주목시키는 한국현대시의 가작(佳作)이다.

〈목련송(木蓮頌)〉이라는 참으로 서정미 넘치는 순수 서정(純粹抒情)과 아포리즘의 미학적(美學的) 묘사는 응당 높이 평가되어야 할 것으로 본다. 서정시라는 것은 서구에서 '리릭'(lyric)으로 부르는 시의 정통적인 형식의 시문학이다.

이 리릭이라는 표현은 고대 그리스에서 생긴 말이다. 시와 음악 등 예술이 눈부시게 발전했던 고대 그리스에서는 '라이어'(lyre)라는 우리 한국 고대의 비파 또는 서양의 하프처럼 생긴 줄을 튕기는 악기를 가지고 반주하며 노래불렀던 데서 발생한 표현이다. 즉 서정시는 두 말할 것도 없는 '노래' 이다.

그런 견지에서 장봉호 시인의 〈목련송(木蓮頌)〉은 연서(戀書)와도 같은 시인의 순수 서정의 시세계 탐닉으로 하여 이번에 우리는 함께 그의 심미적인 서정의 역사 인식의 새로운 이미지 전개 속에 몰입하고 있음을 숨길 수 없다. 그러기에 이 가품(佳品)에서 우리는 다시금 폭 넓고 속 깊은 그의 시세계로 함께 불심의 비경에 접어들게 된다.

# 《꿈이 있는 곳》을 펴내면서

태생적으로 바다가 익숙한 우리네 고향의 삶에서는 대도시는 낯설고 슬픈 곳이었습니다.

좁은 생태적 환경을 극복하고 비상하기 위해서는 뭍으로 향한 몸부림이 처절하였고 그런 가운데 화전을 그리는 애향심과 망향가는 우리 가슴에 쌓여져 일찍이 화전별곡을 탄생케 하였고 그로부터 면면히 이어져 온 순박한 심성은 문향(文香)의 고장으로 거듭나게 된 것이라 믿습니다.

이에 부응하기 위하여 한성장학회에서는 2007년 이래로 해마다 백일장을 개최하여 고향의 숨은 문학의 인재들을 발굴하여 왔으며, 이제까지 입상한 학생들의 작품을 집대성하여 《꿈이 있는 곳》이란 입상작 선집을 발간하게 된 것입니다.

우리 고장 남해가 오로지 노벨문학상 수상자인 헤밍웨이의 소설 〈노인과 바다〉의 주무대인 쿠바의 어촌인 '코히마르'가 되기를 염원하였습니다.

이제까지 백일장에 참가한 학생 여러분의 참가 경험이 살아가는 동안 큰 힘이 되고 바탕이 되어 장차 사회진출을 하여 좋은 일들이 연속되기를 간곡히 기원하는 바입니다.

'진인사대천명(盡人事待天命)' 으로 마무리합니다.

'The your best and be patient for the result.'

# 아버지의 그림자

너무 늦었다.

돌아가신 아버님의 생전의 모습을 그리며 생각하고 마음을 추스르기엔 왜 이렇게 늦게사 철이 드는 것일까?

우리 형제 구남매는 하나같이 어머님을 따르며 응석을 부렸지, 아마도 아버님에게 가까이 다가가는 일은 별로 없었던 것 같다.

임종시 큰누나의 아버지에 대한 애절한 사랑은 예외로 하고 평상시에는 다들 아버지 곁에는 되도록 멀찌감치 거리를 두고 생활해 온 것이 사실이다.

어머님에 대한 사랑과 정을 더없이 느끼면서도 아버지에 대해서는 애틋한 정이 담긴 말 한 마디 하는 것은 매우 인색했다.

척박한 시골 바닷가에 사시면서 농사는 손에 대보지 않고 선대부터 오로지 학문(한학)에만 몰두하다가 많은 가솔들을 챙기며 의식주를 해결하게 될 처지에 놓이자 암담한 세파를 헤쳐 나가기가 참으로 어려웠을 터이어서 자식들에게 살갑게 정을 주고 이야기할 개제가 못되고 항상 무거운 짐 속에서 지내시다 보니 자연 자식들과의 거리가 소원해진 것이 아닌가 생각이 든다.

자식들의 교육을 위하여 피나는 노력으로 지내다 보니 자연히 근심이 앞서고 걱정이 쌓여서 웃음 지을 수 있는 시간의 여유가 없어 자연 슬픈 근엄으로 지나다 보니 언젠가부터는 차가운 침묵의 모습으로 해서 잔잔한 어머니의 정에 대비해 가벼워진 느낌이다.

학교 공과금 달라고 할 적에 위좌(危座 : 꿇어앉은 자세)로 머리를 조아리면서 받아가곤 한 적이 다반사였다. 그럴 때가 싫었다.

자연 친구들도 우리 집에 오면 아버님께 문외배(門外拜)를 시켜야 하고 나 역시 친구들 집에 놀러가서 어른을 뵈올 때 반드시 문외배를 하였다.

내가 군에 가서 휴가를 받아 오면 어머님은 오지항아리에다가 술을 담아놓고 기다리고 계셨다.

인사를 하고 집안 형편과 대소간 친척의 안부를 듣고 나면 으레 어머니는 애들 편히 쉬도록 "임자는 그만 건너가소" 하신다.

그럴 때면 아쉬운 듯 일어서서 나가시는 아버지의 뒷모습이 서늘하고 우울해 보이지만 앉은 자세도 그렇고 또 담배도 피워야겠기에 마음으로 만류하지 않고 건성으로 괜찮으니 계시라고 하고는 나가시는 것을 그냥 지켜보고만 있었다.

아버지 당신은 말씀은 없어도 그 깊은 속마음을 헤아리지 못하고 살아온 지난 세월이 지금에 와서야 눈물겹게 후회스럽다.

참으로 불효가 깊어 서럽기 한없는 지난날이다.

명절 때면 천릿길 멀고 교통이 불편하니 내려오지 말라는 말씀에 무슨 면죄부나 얻은 듯 "그럼 다음 기회에 가겠습니다" 하고는 찾아뵙지 않았다. 어디 한 번 용돈 쓰시라고 봉투 한 번 제대로 드리지 못한 불효

자식, 여행 한 번 다녀오시라고 주선해 드리지 못하고 세월만 보내다가 돌아가신 후에야 회한의 눈물을 지은들 무슨 소용이 있는가?

아버님 돌아가신 후에야 늦게사 철이 든 어리석은 자식인 줄을 모르고, 그저 필요한 학용품이나 용돈을 충분히 주지 않았다는 이유로 남들의 부자 아버지와 비교하며 살아온 세월이 이제 내가 자식들의 모임에서 조용히 뒷걸음치며 피해 주는 처지가 되고서야 이렇게 느껴지는 참담함이 가슴을 저민다.

아마도 나의 뒷모습이 옛날 아버님의 허허롭게 나가시는 모습과 같고 이렇게 늦게야 아버님을 이해하게 되다니 아마도 내가 한 그대로 한 치의 오차 없이 그대로 겪고 있다는 생각이 들어 모든 걸 속으로만 삭히시던 아버지의 모습이 한없이 그립다.

언젠가 국민(초등)학교 시절 면소재지 3.1절 행사에 아버지께서 단상에서 독립선언서를 낭독할 때 나는 처음으로 아버님의 귀중한 존재와 자랑으로 몇날 며칠을 들떠서 지난 경험도 있었다.

아버님이 돌아가신 후 유품을 정리하다 우리들 자식들에게 써놓으신 유서를 보았다.

언제 준비하셨는지 차분하게 정리하여 사진틀 속에 정갈하게 보관하신 것을 당신이 돌아간 후에야 비로소 우리들 형제가 읽어 보고 우리들은 다짐하였다. 형제간의 우애를 강조하신 뜻을 받들어 제반 장례절차를 치르고 난 후 모든 형제자매가 모인 자리에서 앞으로는 우리 가문의 어른은 형님이 담당하시며, 모든 결정은 형님이 아버님 대신 내리면 누구도 거역하지 않고 따르겠다는 맹서와 동시에 큰 예를 올리고 지금껏 그대로 지키고 있다.

우리 민족의 혈통이 태초 모계사회에서 부계사회로 옮겨온 이후로 가부장적인 가정의 행태가 지속되어 온 터이지만 아무래도 자식들은 하나같이 어머니를 더 따르는 것이 보편적인 것 같다.

동양에서 맹자모의 단기훈(斷機訓)과 더불어 맹모삼천지교(孟母三遷之敎)는 잘 알려져 있어도 맹자의 아버지에 대해선 한 마디 기록도 찾아볼 수 없는 걸 보면 어머니의 덕화가 큰 탓인지?

예수의 아버지 요셉도 성모 마리아에 묻혀 잘 모르는 것이 사실이다.

오랜만에 가족이 모인 자리에 다리 뻗고 편안하게 이야기하시라며 쓸쓸히 나가시는 아버지의 뒷그림자가 왜 이제사 이렇듯 처절하게 느껴지는가?

나 역시 아이들 이야기 자리에 잠시 잠깐 함께하다가 스스로 피해 주는 나의 모습이 그때 아버지의 모습을 닮았으리라 생각하면 참으로 허허롭다.

회한 많은 한세상을 그저 안 오신 듯이 왔다 가시며 침묵을 오로지 미덕으로 삼아 사시다 돌아가신 아버님.

많은 숨은 재주를 가지고 계시면서도 혹여나 남들이 말을 하면 '다예(多藝)는 무예(無藝)' 라 하시며 손사래를 젓고는 자식들에게도 오로지 한 길만을 가라고 타이르시던 아버님.

훗날 형님 친우 박영신 씨가 들려준 이야기로는 어느 가을날 오후 냇가에서 한가하게 앉아서 그림을 그리고 계시더라는 것이다. 연필로 데생을 그리다니 참으로 놀랍다. 구한말 태어나시어 한문 서당과 일제시엔 심상소학교(4년제)만 다니신 분이 언제 그림을 배운 바도 없을 터인데 참으로 인물화를 잘 그리시더라고 타계하신 후에야 이야기해서 그때 비로소 우리들 자식들이 알게 되었다.

아버님! 이젠 모든 걸 훌훌히 털어버리시고 부디 하늘나라에서 편안하게 지내십시오.

아버님의 짙게 드리운 긴 그림자를 생각하며 명복을 빕니다.

# 백일장 개최의 변

바다가 그리운 사람은 산에 올라가 바다를 보시라.
푸른 바다가 사방을 감싸고 있는 고향 화전 땅.

신선이 노닐던 화전 땅에 화전별곡의 청음이 잔잔히 울려 퍼져옵니다. 섬이라는 지리적 제약조건을 지닌 우리 학생들이 태생적 환경을 극복하기 위해서는 인문학적 소양을 갖춘 인재들이 이 고장에서 자라나고 성장하는 것이 첩경일 것입니다.

꿈과 풍요의 미래를 가슴에 품고 산에 올라가 바다를 보시라.

이젠 절해의 고도가 아닌 연육의 땅으로 변한 고향의 의미를 찾아 출향인으로서 지금에 와서 무엇을 했느냐고 자문해 봅니다.

모든 사람이 준비를 철저히 갖추고 태어나는 것은 결코 아닙니다.

누구나 꿈꾼 분야에 재능을 지니고 태어나는 것도 아닙니다.

문제는 노력입니다. 노력하는 자에게 주어지는 결실은 훗날 화전인으로 태어난 자랑으로 남아 청사에 길이 빛날 것이라 굳게 믿습니다.

세세연년 변화를 익히면서 면면히 이어온 선경의 자태가 바로 학생 여러분에게 접목되어 꿈으로 피어나 또 여러분 뒤를 이어오는 후진들에게 세상을 살아가는 바른 길잡이가 될 것입니다.

이 땅에 태어나 가장 정의롭고 보람찬 일 한 번 한다는 굳은 신념으로 최선을 다하여 원대한 존재감을 나타내도록 노력합시다.

학생 여러분의 무궁한 앞날을 축복하면서…… 한 가지 간곡하게 당부 드리는 바는 본인이 맡아서 백일장을 개최한 것이 10년이 경과되어 2016년도에 제 10회까지 시행하였습니다.

무언가를 이루겠다는 원대한 꿈과 의욕으로 시작한 백일장 첫 회의 제목이 《숲과 바다로》로 해서 남해가 대문호인 헤밍웨이가 쓴 노벨문학상 《바다와 노인》의 집필지인 쿠바의 조그만 어촌 '코히마르' 처럼 우리 남해도 한국문학의 성지로 나아가 노벨문학상이 태동되는 지역이 되어 많은 문학 애호가들이나 관광객이 모여드는 곳으로 만들어보겠다는 것이었는데 지나고 보니 제반여건이 조성되지 않아 용두사미의 감이 듭니다.

그러나 한편으로 문학을 통해 길러진 공감과 감명은 미지의 앞날에 무엇인가를 반드시 이룩할 것이라 믿고 부족한 것을 접으려 합니다.

이젠 앞으로 좀 더 연부역강한 후원자가 나서서 이끌어 주었으면 합니다. 그리하여 결코 중단되는 일이 없이 연속이 되어 자랑스러운 문학의 고장으로 영속되길 바라는 바입니다.

그동안 백일장 개최를 돌이켜 보면 초기부터 백일장 상임 심사위원으로 기꺼이 봉사하며 애써주신 이남숙 시인은 고향의 영설지재(詠雪之才)로서 일찍이 중앙문단에 등단하여 시의 조감성(調性感) 있는 담담한 미소로 작품을 발표해 온 바이며, 경남도립 남해대학 이병윤 교수는 백일장 지도교수로서 가없는 협조가 있어 무난히 치루어 온 것을 깊이 감사드립니다.

# 남해가 준 세 가지 감동

경상남도에 존재하는 자랑스러운 도립남해대학 교정 여기저기에서 벚나무 꽃망울이 팝콘처럼 터지고 있었다. 그 아래 벤치에 앉아서 한성백일장에 참가하려고 캠퍼스에 들어서고 있는 학생들을 바라보았다. 삼삼오오 무리지어 조잘조잘하며 행사장 건물 계단을 올라가고 있는 여학생들의 볼에서 남해의 봄이 피어오르고, 남학생들의 반듯한 이마에서 미래에의 꿈과 포부가 서려 있었다.

속으로 나는 깜짝 놀랐다. 거친 해풍과 사정없이 내리꽂히는 직사광선에도 불구하고 어쩜 청소년들의 피부가 너무나 맑고 곱고 투명해서이다. 이곳 남해의 하늘과 산과 바다와 태양과 달을 벗하였는지 하얗게 빛나고 있었다.

아마도 동백꽃의 붉은 열정과, 마늘잎의 푸른 인고와, 유채꽃의 노란 정감과, 멸치의 해맑은 광채와 피조개의 붉은 정열을 닮아서인지 그들의 피부는 너무나 반짝거리기까지 하였다.

오죽 반했으면 화장실에서 마주친 여학생에게 "참으로 곱구나!" 라는 찬사까지 바쳤을까. 하얀 피부는 하얀 피부에 끝나지 않는다. 하얀 마음으로 이어지고하얀 삶을 누리게 해 주니 요즘 같은 검은 세상에 이 아니 고귀한 삶의 색깔이 아니겠는가?

두 번째 감동은 심사를 할 때였다. '나무' 와 '마음' 이라는 글제는 중학생에게, '섬' 과 '길' 이라는 글제는 고등학생에게 주어졌다. 네 개의 글제가 서로 다른데도 내용면에서 묘한 공통점이 보였다. 자신의 출생과 운명과 진로와 미래를 마치 침잠(沈潛)하듯 탐색하고 명상한 것과, 자신의 고향이 섬이라는 특수성으로 생기기 쉬운 고립감 내지 열등감을 몰아내기 위하여 당당하게 근거를 제시하는 애향심의 발로가 주체적으로 기술되어 있어서이다.

"남을 이기는 것은 승(勝)이며, 나를 이기는 것은 강(强)이다" 라고 노자(老子)는 말하였다. 이 말처럼 남을 이기기는 쉽지만 나를 이기기는 어렵다. 그런데도 이성적 의지로 자신의 숙명적 상황을 이겨내려는 극기의 모습을 보여주는 글에서 나는 남해 청소년들의 도전과 비약 의지가 자신을 성장시키고, 그런 그들에 의해 남해의 무한 발전을 예감할 수 있었으며, 걸출한 미래 동량(棟梁)의 출현이 가능할 것을 믿게 되었다.

이번 행사의 총집행위원장인 남해인(南海人) 장봉호 상임이사님. 내가 알고 있는 것은 오매불망, 일편단심 고향을 가슴에 품고 사는 출향인이다. 행사를 마친 다음날. 심사차 먼 곳까지 오셨으니 그 답례로 남해 관광을 시켜 주셨다.

볼거리를 마다할 사람이 없을 터, 남해를 일주하다시피 돌아보고야 그분의 진실한 속내를 알아차렸다. 겉으로는 관광이라 하면서 고향 남해의 명물, 특산물, 천연기념물, 유적지, 사적지, 예술촌, 문화체험지, 마술 같은 조수 간만의 자연예술적인 풍경까지도 세세히 설명하고 보여주셨다.

덕분에 우리 타지인은 천혜의 관광지로서의 남해만 머릿속에 입력이 된 것이 아니고 아예 세뇌가 되다시피하여 준남해인(準南海人)이 되어 버렸다.

어느 한 출향인이 회색빛 도회지에 몸담고 있으면서도 늘 수구초심(首丘初心)으로, 남해 고향땅을 지키고 있는 후배 청소년들에게 미래의 꿈을 키워주기 위해 고향땅까지 내려와서 미래지향적인 뜻 깊은 행사를 헌신적으로 집행해 나가는 모습에서 또 하나의 감동을 받지 않을 수 없었다.

남해에 처음 간 것이 아니다. 그러나 이번 방문으로 나는 남해를 진정 이해하고 사랑하게 되었다. 나의 남해는 내 추억의 창고 속에 저장되었다.

인생이 허허롭게 느껴지고, 삶이 시들해지면 생활에 활기를 불어넣고자 가끔 창고에서 '보물섬 남해'라는 상자를 꺼내 빙긋이 웃으며 그때 그곳에서의 추억에 취할 것이다.

# 어머니의 밤길

길을 가다 보면 중도 보고 소도 본다.

내가 국민학교(초등학교)를 졸업할 때까지도 이 말씀을 듣고 먼 길 심부름하거나 길을 나설 때 어머님께서 나에게 들려준 말이다.

스님도 보고 소(牛)도 본다고 그렇게 알아듣고 길을 나섰다.

우리 어머니의 걸어온 길은 참으로 험난한 길이었다.

그러니까 1909년 정유년에 태어나신 분이시니까 거진 백 십년 전이시니 학교 교육은 말할 것도 없고 서당 근처에도 못가 본 일자무식으로 아버지에게 시집을 왔다.

아버지는 어릴 때 서당을 다니고 일제 초기에는 심상소학교를 다녀서 시골바닥에서는 유식한 분으로 알려져 왔다.

결혼생활을 하시면서 아버님의 유식한 언사는 귀담아 들었다가 잊지 않고 그대로 답습하신 기억력 하나는 참으로 명석하신 분이다.

언젠가는 동네 결혼식에 갔다가 와서는 "신랑 좋더라." "키콜 남상하더라" 하신다. 아버님의 귀골 남상을 그대로 토파 이야기하시느라고 하시는 말이다.

어머님이 태어나고 자란 곳은 한적하고 궁핍한 벽촌으로 일찍이 어머님을 여의고 계모 슬하에서 자라 말씀은 안 해도 고생이 이만 저만이 아니었으리라는 생각이 든다.

언젠가 한 번 이야기 들은 바가 있다.

그때는 모든 농경수단이 소가 있어야 농사를 짓게 되는 터이라 재산목록의 일호여서 상당한 노동력이 있어야 키울 수 있었다.

그렇지 않으면 남의 소를 빌려서 농사를 짓게 됨으로써 소가 없으면 애로가 많았다.

작은 집 소를 빌려다 늦게까지 논을 갈고 20리 길 멀리 떨어진 삼촌 집으로 오후 늦게 소를 몰아다 주어야 할 형편이라 어린 처자의 몸으로 부모님의 엄명을 거역하지 못하고 소를 몰고 길을 나섰다.

이내 어두워졌다. 그곳까지는 아홉 산 아홉 고개가 있는 험지로 가게 되어 이내 어두워져서 밤길이지만 그래도 소가 있어 조금은 든든하여 소고삐를 움켜잡고 무서움을 달래며 걷는 도중에 소가 그만 우뚝 서서 미동도 아니 하고 그 자리에 버티고 서니 놀라지 않을 수가 없었다.

뒤에 저에게는 호랑이가 나타났다고 하였지만 저의 생각으로는 호랑이는 아니고 아마도 살쾡이 같은 야행성 동물이 눈에 불을 켜고 나타나 앞을 가로막으니 소가 먼저 놀라 우뚝 선 것이 아닌가 한다.

나중에 들으니 소는 덩치보다는 참으로 겁이 많은 동물이란다.

무서움에 온몸에 식은땀을 흘리며 한식경 쉬었다가 소를 몰고 삼촌 집으로 갔다는 이야기를 듣고 어머님의 자라온 길이 너무나도 가슴 아픈 생각이 들어 지금도 그 생각만 하면 눈물이 저려온다.

내가 이 이야기를 듣게 된 동기는 실은 나도 초등학교 때 6.25사변이 나서 면소재지에서 20리 길 떨어진 외삼촌댁으로 피난을 갔다.

총망중에 피난을 가게 되어 무엇 하나 챙기지 못하고 간 터이라 어느 날 어머님께서 집에 가서 부엌에 놓을 궤짝 하나를 가지고 오라고 하면서 마을 어디 친척집에 있을 큰형님을 찾아 같이 오라고 하신다.

아무 걱정 없이 와서 보니 우리 집 근처에는 다들 피난 가고 아무도 없고 윗마을에도 없어 부득이 저녁 무렵에 궤짝을 지고 길을 나섰다.

한참을 가니 여름철이라 소낙비가 세차게 퍼붓는다. 하는 수 없어 도로 집으로 가서 잠을 자고 내일 가야겠다고 가보니 방에는 자물쇠가 채여 있고 큰 대못으로 출입을 막아놓아 어쩔 수 없이 다시 나와 비를 맞으며 돌아오는 중이었다.

중간 지점에 이 복병(伏兵)고개에 이르렀다. 어릴 적에는 아무 의미도 모르며 복병고개라 불렀다. 임진왜란 시에 군사가 매복하여 붙여진 이름임을 후에 알았다. 그곳에는 인가가 없고 풍부영감이 귀신 각시를 데리고 산다고 해서 우리 어린이 세계에는 근동에서 제일 무서운 곳으로 치부되어 밤길을 꺼리는 곳이다.

어린 나이에 너무 무서워 앞만 보고 한길 가운데로만 비를 맞으며 걸어가는데 바로 몇 미터 앞에 정말로 긴 작대기가 올라오는 것이 아닌가?

아무 정신이 없고 그저 오금이 저려 그 자리에 서서 무서움에 오줌을 저리고 말았다. 밑에서 소리가 들린다.

"거 누구냐?" 사람 소리가 반가워 "집니다 봉홉니다" 하니 "저 지족사는 봉호 아니냐" 하시며 반갑게 한다. 나의 초등학교 같은 학년 조영길의 아버지이시고 우리 아버님과 친구이신 분이라 참으로 반갑고 안심이 되었다.

그분은 전란 중에도 어장에서 고기를 잡아 지고 오다가 나를 만나 자기도 무척 놀라고 한편 반가워 짐을 내려놓고 담배를 피우며 나를 안심시키기 위해 이야기를 한참 하신다.

헤어져 집에 오니 온 식구가 걱정이 되어 기다리고 있었다. 난 오자마자 아무것도 말 안 하고 그저 울기만 하였다. 그런데 내 곁에서 어머님도 같이 우시는 것이 아닌가. 아마도 하룻밤 내내 울었다.

지금 생각해 보니 어머님은 어릴 적 생각이 나서 설움에 복받쳐 우시고, 난 그저 아무 생각 없이 울었다. 삼일 간 자리보존하며, 그 시절 우리 어머님들의 고생의 길은 어찌 다 말할 수 없지만 많은 식솔들을 데리고 생활을 영위하기 위한 고생은 보편적으로 그 시대에 다들 겪는 일이라 덮어두고라도 일 년 내내 집안 대소사의 날짜와 많은 친척들의 기제사까지 외우고 기억하여 한 번도 절한 일이 없는 걸 보면 예사롭지 않다.

아버지는 모든 걸 기록하여 보관하면서도 종종 잊는 경우가 있는데 어머님은 그러하지 않으시고 기억력 하나만은 가히 비상하였다.

말년에 손자들로부터 한글을 익혀 타지에 간 자식들에게 편지를 보내주셨는데 고문 해석보다 어려웠다. 지금 한 가지 아쉬운 점은 그 편지들을 보관하고 있으면 가히 가보가 될 터인데 남이 보기 창피하다고 없애버린 불효가 부끄럽기 그지없다.

바로 이같이 살아오신 길이 어머님 처세의 바탕이시고 살아가는 길이 아닌가 한다.

그 길이 우리 인생이 가야 하고 또 겪어야 하는 업보라면 어찌 피할 수 있으리오. 길이란 걷는 것만이 아니고 걸으면서 나아가는 것이라고.

어머님 부디 천상의 화평한 길에서 유유자적하시며 그 해맑은 웃음을 담고 즐겁게 지내십시오. 합창해 기원 드립니다.

# 5부

# 영원한 우정

# 비 오는 지부랄타르 해협을 건너며

어릴 적부터 난 많은 꿈을 꾸어왔다.

아프리카를 동경하는 꿈 말이다. 온갖 맹수가 들끓는 정글 속에서 정글의 소년 타잔이 종횡무진 활약하는 영화 같은 만화를 보면서 언제고 꼭 그곳에 가고 싶다는 생각으로 소년시절의 꿈을 키워왔다.

많은 세월이 흐르고 난 작금에 지녀왔던 꿈을 이루기 위해서 몇 십 년을 산행하며 해외여행을 같이한 목우회 회원들과 계획을 수립하여 아프리카로 떠나기로 하고 모든 일정과 여행사 선정 등 일체를 회장 송초공에게 일임하여 10월 중순경에 가기로 정하고 여행 계약을 마쳤다.

그런 나에게 불의의 사건이 다가왔다.

부산에서 요양병원의 원장으로 병원을 경영하던 우리 집안의 돌아가신 부모님을 대신하여 가문의 대소사를 관장해 오신 형님께서 병환이 위독하여 사경을 헤매는 처지인지라 임종을 목전에 두고 도저히 떠날 수가 없어 부득이 나는 여행을 접고 계약을 해지하는 상태에 다다랐다.

같이 가기로 한 회원들이 난감한 처지가 되어 어찌할 방도가 없어서 전전긍긍할 즈음에 형님이 돌아가시자 장례를 치루고 난 후 허탈한 심사였으나 송초공의 간곡한 권유로 위약금을 지불하고 같이 동행하기로 하였다. 형님을 보내고 뒷수습을 다하지 못하고 떠나는 것이 퍽이나 미안한 마음이나 나로 인해 친구들의 여행 계획이 파탄 나는 것이 미안하고 상을 당한 괴로움을 잊자고 하는 권유에 따라 나서기로 했다.

이런 심정을 돌아가신 고인도 이해해 주시리라 숙연한 마음을 안고 떠나게 되었다. 서유럽의 스페인과 포르투갈을 둘러보고 아프리카로 갈 계획이었다.

유럽의 땅끝마을 '까보다로까' 로 가서 망망한 대서양을 바라보며 파도가 넘실대는 저 바다에서 스페인 무적의 함대와 영국 넬슨 제독의 해상전투의 모습을 상상하며 한편 우리나라 해남의 땅끝마을을 연상해 보기도 하였다.

그리고 다음 일정이 그리도 가고 싶은 아프리카로 가기 위해 지부랄타르 해협을 건너기 위해 해협의 항구 타라파로 이동하여 페리호를 타고 지중해를 건너 아프리카 모로코의 탕헤르로 건너갔다.

때마침 가을을 축축히 적시는 비가 내리고 있었다. 대서양과 지중해가 이어지는 해협의 넘실거리는 파도를 즐기며 그리도 보고 싶은 미지의 땅으로 가면서 역사적 뱃길에 오고간 인물들을 떠올리며 상념에 잠겼다.

로마제국 시절 절대적 제국에 맞서 일어난 '한니발' 장군의 영상과 상상의 대화를 나누었다. 아프리카에서 발군하여 코끼리 군단을 앞세워 험준한 알프스 산맥을 넘어 로마로 진군한 불세출의 장군 모습이 떠올라 역사의 현장에서 환청으로나마 장군의 우렁찬 호령이 들리는 것 같았다.

드디어 인류 시원의 땅 아프리카에 도착하여 여장을 풀었다. 지중해

연안의 화려한 모습은 건너편 서유럽과 별반 차이가 나지 않고 화려하여 잠시 어리둥절하였다.

세계 제일의 사하라 사막의 언저리를 둘러보며 느낀 점은 내 지식의 빈곤이었다. 총 면적이 900만㎢로서 우리나라 면적의 4배 이상의 넓이로 연간 강수량은 주변은 200mm 가량 되나 중앙 부분은 10mm 이하로 건조한 지역인데 그 지하에는 강수량이 많기로 아마존 다음으로 많은 나일강이 200년 동안 흘러도 남는 담수가 지하에 매장되어 있다니 가이드의 설명을 듣고 놀라지 않을 수가 없었다.

몇 년 전 우리나라 건설회사가 리비아에서 지하수를 퍼 올려 수로를 개설하여 지중해 쪽으로 보내 농업용수와 식수로 사용한다는 기사를 읽은 적이 있으나 이렇게 방대한 물이 언제 어떻게 저장되었는지? 참으로 궁금하고 지구 생성의 역사에서 지각 변동으로 일어난 불가사의한 일들이 궁금하기 그지없다.

다음으로 찾아간 곳이 대서양 연안의 모로코의 제2의 도시 '카사블랑카' 였다. 내가 일찍이 안 것은 도시 이름이 아니라 연대는 정확히 기억 못해도 주연 여우 잉그리트 버그만의 '카사블랑카' 영화가 머리에 더 잠재해 있었다. 때마침 저녁노을이 아름답게 수놓는 시간대라 작열하게 불타던 태양이 대서양으로 저물며 수놓는 모습은 정말로 장관이었다.

모로코의 왕이 수도로 삼으려고 정성들여 설계하고 건축한 계획도시답게 도시 경관이 너무도 아름다워 모든 것이 질서 정연하고 깨끗하여 누가 감히 이곳이 질병과 악취와 기아가 창궐하는 미개지역이라고 하겠는가, 라는 의문이 들어 내 상식과 지식의 빈곤함이 부끄러울 따름이다.

여러 가지 사정상 풍토병 등으로 오지는 탐방 못해도 단편적으로 본

광경이 이제까지 지녀온 아프리카의 모습과는 너무도 판이하여 새로이 정리하는 계기가 되었다.

인생을 살아오면서 배우는 마음은 언제나 겸손하고 늘 비워 있어야 한다는 은사님의 가르침이 떠올라 고마울 따름이다.

이번 여행에서 스페인의 제2의 도시 세비아의 대성당 안을 관람하면서 경이적인 것은 아메리카 대륙을 발견한 콜롬부스의 무덤이다. 원래 이태리 사람으로 항해술에 능통한 자인데 당시 유럽 최고의 상품은 향로로서 인도에서 수입하여 사용하였으나 대상들이 아랍지역을 통과하면서 값도 비싸고 위험 부담이 많아 해로로 인도에 가서 수입하기로 하고 스페인 왕의 지원 아래 대선단을 이끌고 인도로 간다는 것이 지금의 카리브 해에 도착하여 뜻밖에 아메리카 대륙을 발견한 계기가 되어 스페인이 중남미 일대에 식민지를 관장한 동기가 되고, 그런 연유로 지금도 그 지역을 서인도제도라 칭한 것이다.

그 후 여러 가지 분쟁으로 그가 죽어 서인도제도의 어느 섬에 안장된 것은 그 아들에게 나는 죽어도 스페인 땅에 묻히지 않는다고 유언한 탓인데 왕으로서는 상징적 의미가 큰 그의 무덤을 스페인에 묻지 못하고 있다가 상당한 시한이 흐른 후 그의 무덤을 스페인으로 옮겼으나 성당 바닥에 묻지 못하고 공중에 관을 매달아 4명의 기사가 관을 멘 채로 천정에 달아 놓고 있어 관광객이 필수적으로 참관하는 명소가 되는 계기가 되었다.

여러 명소를 주마간산식으로 돌아본 바를 다 열거할 수는 없으나 외로운 사람들의 머나먼 여행에서 오는 담백한 여운은 이젠 인생의 민낯을 경험으로 큰 공감을 이끌어 내고자 한 것이 이번 여행의 목적이며 틀에 박히지 않는 사유를 통해 내가 지닌 종교적 상상력이 얼마나 자유로울 수 있는가가 묵언(墨言)의 향기로 다가왔다.

감각 추구의 성향이 높은 사람에게 여행은 최고의 레저 활동이라고 누군가가 말했듯이 각박한 삶을 생각하며 살아온 그 길에 내재되어 있는 함의(含意)로 해서 여행은 우리에게 영원한 기쁨이라 믿는다.

내가 일찍이 관광사업에 종사할 적에 영국에서 온 투숙객이 자기 고향 스코틀랜드의 위스키 자랑을 하면서 스코틀랜드에서 만든 위스키만이 '스카치 위스키' 란 명칭을 붙일 수 있다는, 나도 이미 알고 있는 사실을 말하길래 우리도 많은 위스키를 비치하여 판매하고 있다고 하면서 과연 그곳에는 얼마나 많은 종류의 위스키가 생산되는가 물었더니 그의 대답이 단 2종류만 있다고 한다. 의아한 눈길을 보내자 하는 말이 수많은 위스키를 생산하나 하나는 좋은 위스키이고 하나는 더 좋은 위스키란다. 자부심이 대단한 말이 아닐 수 없었다.

나도 그 말을 상기하며 이번 여행에 덧붙이고 싶은 것은 이제까지의 내가 다녀온 모든 여행이 즐거운 여행이고 이번 여행이 더 즐거운 여행이라고, 지부랄타르 해협은 오래 기억으로 남을 덕목으로 삼고 싶다.

언제나 가까이에서 헌신적으로 돌봐주신 송초 회장과 목우회 회원님께 감사드린다.

# 오우아거사(吾友我居士)

노염이 기승을 부리던 무렵 무료한 시간을 달래려고 지난 잡지를 펼쳐보다 '오우아거사(吾友我居士)' 란 오자성어를 읽고 너무나 짙게 드리운 의미로 해서 가만히 뇌리에 저장해 두었다.

나의 일상과 접목해서인지 스며드는 감정이 예사롭지 않았다.

지난날 한때는 주위 친구들의 초청과 각종 모임으로 어떻게 시간 가는 줄 모르고 지내며 세상사 허허롭지는 않았는데 세월이 덧없이 지나고 보니 하나둘 지인들의 타계와 와병으로 모이는 횟수가 줄어들고, 한편으로는 스스로도 번거로움을 피하고 한가롭게 지내려고 되도록 모임에 가는 것을 줄이다 보니 어느 샌가 외로운 시간이 길어지고 말았다.

'내가 나를 친구로 삼는….'

친구, 그렇다. 진정한 친구는 죽을 때까지 친구로 외롭고 심심치 않게 서로 찾아주는 것이 진정한 친구라 했는데 이젠 나 스스로가 나를 찾는 시간이 찾아와서 내가 나를 친구로 하는 한가함을 즐기고 있으니 한편으론 망연한 생각도 든다.

현재 70대에 들어선 세대들이 과거 각박한 생활을 타개하기에 급급하여 특별히 만년 노후대책을 준비하지 않아서 그런지 주변의 많은 친구들의 이야기가 후회스러운 생각으로 불면의 밤을 지새운다는 하소연을 많이 듣게 된다.

무료한 시간을 보내려고 집을 나서지만 특별히 오라는 곳이 없어 무료인 전철을 타고 망연히 찾아가는 곳이 파고다 공원과 서울 근교 등지로 나가 시간을 보내고 돌아오는 것이 상례다.

우리나라도 경제적인 여유가 생겨 해외여행이 자유화되자 너도 나도 앞 다투어 해외에 다녀오고 할 때 그 축에 끼지 못한 사람에게 어디에 다녀왔느냐고 물으면 "방콕" 이라고 우스갯소리가 많았다. '방에 콕 갇혀 지냈다' 는 자조적인 말이다.

대개의 사람들은 여행을 즐긴다. 나 역시 사주팔자에 역마살이 있는지는 몰라도 단 하루라도 집을 떠나 여행하는 것이 체질적으로 맞는다.

'카뮈' 는 여행을 가리켜 '두려움의 매혹' 이라고 하지 않았던가?

미지의 세계에 대한 말할 수 없는 매혹과 함께 낯선 나라의 풍습과 특히 언어에 두려움을 지니고 떠난다.

사람은 일생을 살면서 견문이 넓어야 한다고 하지 않았던가?

나이 들어 원숙함이란 재능 따위가 아니라 시간이 가져다주는 미덕이라고 나는 생각한다. 요즈음 세대의 젊은이들이 배낭 하나를 메고 세계 방방곡곡을 무전여행으로 떠나는 걸 보면 부럽기 그지없다. 스스로의 꿈을 찾아 나서서 그 꿈대로 사는 젊은이들이 행복하게 보여 그지없이 부럽다.

사람은 누구나 자기의 태(胎)를 묻은 고향이 있다. 그러나 마음의 고향은 꼭 태어난 곳만이 아니라 세상을 살아가면서 정이 든 곳이나 찾아본 곳에서 멈출 수 없는 그리움을 느끼는 곳이 마음의 고향이라고 하지 않았던가?

언젠가 스위스의 문법학자 '그레고리우스' 의 '내가 찾은 마음의 고향을 발견한 곳이 리스본이다' 라는 글을 읽고 그 후 '나의 리스본은 어디인가?' 하는 의문이 종종 든다.

젊은 시절부터 이제껏 40년 넘게 서로의 따뜻한 마음으로 우정을 다지며 매주 북한산을 등반하는 그룹인 오성회가 있다. 10여 명이 넘던 멤버들이 이젠 이런저런 사정으로 몇 명 되지 않으나 그래도 매주 쉬지 않고 등산도 하고 영화도 보면서 우정을 다진다.

모임의 리더인 송초(松礎) 공이 우리들도 다리에 힘이 있을 때 등산도 하고 여행도 하여야 한다고 말하면서 해외여행을 다녀오기를 권한다. 그렇지 않아도 이 근년에 매년 중국 일본 등을 다녀온 처지라 다들 찬성하고 해박한 여행 지식을 가진 리더에게 일임하였다.

그리고 영국 BBS 방송이 선정한 '사람이 죽기 전에 가봐야 할 50곳' 중에 7번째로 등재된 캐나다의 로키산맥에 둘러싸인 '밴프(banff)국립공원' 을 다녀왔다.

나로서는 그 절경은 둘째 치고 그곳에 자리잡고 있는 밴프 SPRINGS 호텔이 정말 잊어지지 않는다. 1888년 밴프 스프링스가 250개 객실로 개장하여 자기 이름을 따서 명명한 호텔이다. 지금에 와서 보니 호텔이라기보다 흡사 중세의 전설 속에 등장하는 성을 보는 느낌이 들었다. 나 역시 한때 관광산업에 투신하여 한국 특급호텔 지배인을 지낸 터라 지금껏 세계 명사들이 이용한 그 호텔에 가고 싶었었다.

그곳은 영화 '돌아오지 않는 강' 을 촬영하다가 다리를 다친 마릴린 몬로가 1개월 가량 투숙한 호텔로 유명하고 우리나라의 저명한 실업가 3인이 투숙하였다고 들었다. 진위는 알 수 없어도 그중 한 분은 1박에 천오백만원을 지불했다고 하니 식지가 동하여 현지 가이드의 안내를 받으며 둘러보았다. 그리고 100년이 넘게 지켜온 묵직한 모습에 압도되었다.

한국에서의 내 초라한 전력이 아려왔다.

중견간부를 만나 고색이 창연한 안락의자에 앉아 이야기하며 식수를 한잔 부탁하니 이 호텔의 모든 음료수는 로키산의 천년설이 녹아내린 물로서 청정하기가 그지없어 누구나 바로 마신다고 하며 심지어 화장실에서도 그대로 마신다고 하니 과연 천혜의 혜택을 받은 곳이구나 싶은 생각이 든다.

이젠 내 마음의 고향을 밴프스프링호텔로 각인하며 3600km의 대장정을 마무리하고 돌아오면서 내가 나를 친우로 삼은 오우아거사를 슬퍼하지 않으리라고 다짐한다.

# 산돼지와 고수레

동절기가 되면 종종 산돼지가 먹이를 찾아 민가로 내려오는 경우가 많다는 것을 TV 화면으로 방영되는 것을 많이 보아왔다.

한편 산돼지 고기는 기름기가 적어 담백하다는 맛으로 알려져 있어 사육하는 산돼지 고기를 사서 먹어보기도 했다.

산돼지는 성질이 횡폭하여 저돌적이란 표현으로 사전에 수록되어 앞뒤를 따져보지 않고 덤비는 성질로 알려져 있다.

천적인 호랑이도 쉽게 달려들지 못한다는 이야기를 들었으며 동물의 왕국에서도 아프리카 초원의 제왕인 맹수 사자도 성숙한 돼지의 사냥에는 신중을 기하고 쉽게 잡으려 하지 않는다는 것이다. 이러한 산돼지를 자연 상태에서 직접 목격한 적은 아직 한 번도 없다.

간혹 산돼지를 사육하는 농장에 가서 보면 생김새가 집에서 기르는 돼지와는 판이하게 다른 점을 보면 자연 상태에서 살아가기 좋게 진화된 것이 확연하다.

어린 시절 이웃이면서 대처에 사는 친척아저씨가 포수용 엽총을 가지고 와서 뒷산으로 산돼지 잡으러 간다기에 우리들은 그저 호기심으로 돼지몰이에 따라나섰다.

길목에 서서 고함을 지르라고 하면서 돼지가 나타나면 뒤로 도망가지 말고 옆으로 비켜서야 한다고 가르쳐 주면서 한나절을 산속에서 지냈으나 돼지는 보지 못하고 산꿩만 몇 마리 잡아와서 먹어본 적이 있었다.

이런 경험 밖에 없는 나에게 산돼지의 소동을 직접 겪고 보니 참으로 아찔한 순간이 아닐 수 없었다.

나는 서울에 살면서부터 시간만 나면 산행을 즐겼다.

직장시절에는 산악회 회장도 맡아 '산악' 이라는 잡지에 기사가 나서 제법 거드름도 피웠으나 전문적인 산행과는 거리가 먼 아마추어라도 한참 날라리이다. 그러나 지금도 매주 북한산록만은 거르지 않고 친구들과 같이 다닌다.

한때 무슨 산악회다 하면서 10여 명 이상이 같이 다니면서 대단한 등산가인 양 험준한 바윗길을 일부러 찾아 걸으며 '차마고도' 라고 이름 붙여 다니기를 즐거이 했다.

현재 북한산에는 상당한 숫자의 산돼지가 서식하고 있어 간혹 민가에까지 내려와서 소동을 피우고 사살되는 것을 보아왔다.

녹음이 짙은 금년 여름철, 그날은 나와 송초형 둘이서 한적하게 등산을 즐기며 평소 우리가 쉬어가는 개울가에 앉아서 가져온 음식과 술을 즐기고 있었다. 그곳은 다른 산행객이 오면 우리가 등기한 장소라고 허풍치면서 쉬는 곳이라 정이 든 곳이다. 이곳엔 제법 큰 소나무 한 그루가 서 있어 표적도 되고 그늘도 짙어 가지에 배낭도 걸고 옷도 걸어 놓을 수 있어 나는 항상 나무를 등지고 앉아서 쉬었다.

항시 그랬듯이 불문율처럼 그날도 앞에 송초형이 산마루를 쳐다보고 앉아 술잔을 기울이는데 갑자기 소리를 지른다.

"돼지다!"

나도 엉겁결에 뒤를 돌아다보니 좀 과장해서 송아지만한 돼지가 우리가 앉은 계곡의 언덕(족히 4m)을 뛰어내려 돌진하여 오다가 큰 나무가 있으니 방향을 조금 틀어 옆 산록으로 달려가는 것이 아닌가.

나는 돼지가 뛰어내리는 것은 보지 못해도 송초형의 고함소리를 듣고 바로 뒤에 달려오는 것을 보았기에 너무도 당황하여 어떤 행동도 취할 수 없어 그저 가만히 보고만 있었다.

큰 나무 덕이었다. 그렇지 않았으면 바로 휩쓸고 지나갔을 것이라 생각하니 한참 후에야 모골이 송연해진다.

정신을 차리고 이야기하면서 오늘 우리가 액운을 피하게 된 것은 북한산 산신령님의 덕이라고.

우리가 가져온 간단한 음식과 술을 들기 전에 꼭 '고수레'를 하고 먹는 것이 오늘처럼 위험한 처지에서도 산신령님이 보호해 주신 것이라 여기면서 그 뒤부터는 언제나 더 정성스럽게 고수레를 하고 먹는다.

다들 익히 알고 있는 바이지만 고수레는 단군시대 고시(高矢)가 그리스 신화에 나오는 '프로메테우스'가 불과 농사짓는 법을 가르친 것처럼 우리 후대 사람들이 민간 통속 신앙적 행위로 음식을 먹기 전에 산천초목에 던져 줌으로써 탈이 없다는 속신(俗信)과 결합하여 유구한 세월 동안 우리 민족이 지녀온 풍습이다.

난 고수레를 하면서 적은 음식이라도 산중에 살고 있는 이름 모를 짐승이나 미물에게도 양식을 준다는 생각이 들어 정성들여 던져주고 난 후에 음식을 먹는다. 오늘날 각박한 세태에서는 자기 집에 음식이 넘쳐나 비록 버릴지라도 근동 간에 나눠 먹는 미풍양속이 사그라진 것을 볼 때 너무 각박한 세태가 얄밉다.

내가 젊은 시절 한때 직장에서 뷔페식당을 운영해 본 경험이 있다. 아무리 간곡하게 말씀을 드려도 한 번에 필요 이상의 음식을 가지고 가서 다 먹지 못하고 버리는 경우를 볼 때 굶주리고 있는 이북동포의 측은한 모습들이 떠올라 이를 선용하는 방법이 없나 생각해 보았다.

손을 대지 않은 깨끗한 음식을 모아 싸서 밤에 고생하는 방범대원에게 가져다주면 그렇게 좋아하는 모습이 눈에 선하다. 우리 이웃 간에 면면이 이어온 고수레 정신이라도 살려서 나눠 먹는 세태가 되면 이웃 간에 따스한 온기가 돌지 않을까 생각해 본다.

# 《가을 강 푸른 물빛》을 읽고

– 이양순 선생의 시집

언제나 차분한 몸가짐 속에서 피어난 정서가 한국의 정형시를 닮았다고나 할까? 속에서 우러나는 자연과 자아의 공조를 이룬 필자만의 시학이 조금은 느려도 소리를 절제한 함축된 메시지를 우리에게 전달하고픈, 그리하여 농익은 시적 원숙미가 시집 전편에 스며들어 있다.

생래적으로 내재된 아우라(aura)의 빛이 곳곳에 점철된 작품이라 할 수 있다.

금산일출에서 "하얀 밤 박차고 떠오를 우주를 빌고 있다."

이는 통찰과 성찰의 임상학적 조명이며 나아가 작가가 지닌 신앙의 깊은 세계를 유추해 볼 수 있어 존재의 근원을 더듬어 볼 수 있다.

대천의 앞바다 "무너졌다 일어서는 그리움의 몸부림"은 언젠가 대천의 모래사장에 발을 담고 가슴으로 쓴 흔적이 배어있어 비록 찰나이지만 생의 절규가 아닐까 한다.

목련 "못다 한 밀어 머금고 서로 몸을 던지네."

목련의 심성을 닮지 않으면 실증적으로 건질 수 없는 구절이기에 이 속에 스며든 작가의 애잔한 삶의 역정이 하현달 기우는 새벽녘을 조망하는 것 같은 작가 자신의 내면의 풍경을 드러낸 고뇌가 얽힌 수작이라고 평하고 싶다. 하얗게 피어나 아름답게 추락하는 목련의 사연에 기이 천착하지 않으면 결코 표현될 수 없는 작가만의 사유의 영역이라 생각된다.

전편에 서린 우아한 시어들이 조금은 급조된 배열에 읽음의 리듬을 거슬리게 하는 것이 흠이라고나 할까?

보다 절제된 정형시의 정신을 살려 공감의 미학을 살렸으면 어느 누구도 흉내낼 수 없는 독창적인 시조 시인으로 자리매김하리라고 본다.

호아 이양순 선생의 시집은 난삽한 현 시단의 풍토에서 참신한 자연의 이법을 읽을 수 있어 평자 자신도 함께 공감의 미학을 누릴 수 있어 높이 평가하는 바이다.

현대문단의 시평에서 조금은 진부하지만, 노자의 도덕경을 빌려 축하를 보낸다.

고덕부덕(高德不德), '덕이 높은 자 그 덕이 덕이 아니라고 한다' 는 경구로 자중자애를 당부하며 계속 정진하면 큰 반열에 오를 것을 확신한다.

# 앵두나무를 심으며

내가 거처하는 '방우단' 옥상에 어린 앵두나무 3그루를 심었다. 앵두 묘목을 심은 게 아니라 천지에 가득한 사랑의 넋을 담아 구름과 이슬과 새벽 이야기를 채워 언젠가 돋아날 아름다운 꽃들의 향연에 차분히 건배를 올리기 위해 사랑의 정성을 담아 심었다.

앵두꽃의 꽃말은 '오로지 한 사람' 이다. 내가 평소 살가운 문우에게 주기 위해 옮기기 좋게 화분에다 심었다. 봄이 가고 여름이 와도 화분은 그대로 남아서 자라고 있다.

오로지 한 사람, 그 심오한 숨은 뜻이야 어이 알겠냐만 마음이 이토록 아려오는 것은 별빛에 전해 온 영롱한 이슬이 강물처럼 메마른 가슴을 타고 내려와 울음을 울게 하기 때문인가 보다. 하늘을 우러러보면 시리도록 아픈 그 하얀 여백에 도사리고 있는 신의 섭리와 외경과, 설운 사랑의 즙이 촉촉이 스며들어 불면의 밤을 도와 자라고 있는 앵두나무의 간절한 호소를 그대는 어이 들을 수 있단 말인가.

세세연년 세월이 흘러 어린 묘목이 거목이 되어 화창한 봄을 맞아 흐드러지게 꽃이 피면 벌 나비 불러 모아 밀어로 속삭이며 짙은 향 풍기는 장막에 웃음꽃도 필 것이다.

십년도 넘게 방우단에 앵두 묘목을 심어 작년까지만 해도 봄이면 두 그루에서 피어난 꽃을 감상하며 이야기하고 앵두가 익어가는 늦은 봄이면 정성스러이 술을 담아 놓고 몇몇의 문우와 친구들과 함께 밤을 도와 문학을 논하며 세상사를 이야기하던 터이다.

진하디 진하게 붉은 빛을 띄우며 잘 익은 앵두 술을 그라스에 부어놓고 보면 어떤 서양 와인보다도 보기 좋고 맑아서 우정은 무르익어 갔다.

그런데 이제는 나무를 두고 다시는 약속이나 맹서는 두 번 다시 하지 않으려 한다.

아마도 십년 세월이 흐르기 전 문우와 함께 우람한 소나무를 두고 실없는 약속을 하였었다.

우리는 변하지 말고 문학의 길에서 서로 돕고 의지하며 우정을 키우자고. 그리고 5년에 한 번씩 찾아가서 살아온 길을 더듬으며 우정을 논하자고 약속한 터인데 이를 바쁘다는 핑계로 차일피일하면서 지나치고 말았다.

그래도 지키지 못할 약속을 나무라지 않고 처연히 서 있을 호아(松)를 생각하면 쉽게 언약한 약속이 얼마나 허망하며 불신의 세상을 만들어 가고 있는가를 그때 그 소나무는 말하고 있으리라.

세상을 살아 가노라면 해야 할 일들과 주어진 의무감 같은 종교적 의례도 참으로 많아서 이를 벗어날 수는 없는 형편이 우리들의 삶일 것이다. 해야 할 일들을 마치고 나서 허리를 펴고 하늘을 바라보면 이미 태양은 서산을 뉘엿뉘엿 넘어가고 있는 것이 아닐까.

아무리 일이 산적해 있더라도 가야 할 영원한 곳엔 바빠서 가지 못했다는 기록은 인류가 문자를 만들어 기록한 이후에 한 번도 나는 보지 못했다.

이젠 기약할 수 없는 세월이라 먼 훗날 어린 앵두 묘목에서 앵두가 열면 누가 따 먹어도 상관이 있겠는가. 사람의 손길이 미치지 못하면 날아다니는 새들의 먹이라도 될 것이다.

혹시나 이 묘목을 심은 자의 정성이 보시로 자리매김하여 하찮은 일이라도 살아온 의미가 묻어났으면 한다.

여름과 함께 온 더위가 비를 몰고 와 차분해지는 마음으로 어린 묘목을 바라본다. 한 가지 분명한 것은 모든 것은 신의 섭리대로 성장하고 있다는 사실이다. 붙박인 감정은 성장을 멈추더라도.

언제고 혹시나 이 묘목이 멀리 제 갈 곳을 찾아 떠나보내는 날 나는 기쁜 마음으로 술잔을 기울이리라.

별빛이 촘촘히 스며드는 밤, 방우단에서…….

# 수필집《길 따라 가세요》를 읽고

– 曺英男 敬賀

정산(鼎山) 사백님!
참으로 크게 엎드려 존경을 바치며 축하드립니다.

가장 값지고 고귀한 선물!!!

이토록 넘치는 기쁨 속에선 선물을 받은 즉시 밤을 새면서 읽고 편지를 쓰기 마련인데, 채인 급박한 일 때문에 첫 몇 편 읽고 나서 잠시 미룬 자리가 오늘밤 이제야 비로소 다 읽고 나서 비로소 축하의 펜을 듭니다. 더할 수 없는 기쁨과 감동으로 사백님의 실존대하의 강물 따라 그 바람과 파도 속에서 존경흠모와 함께 말입니다. 수필집 말미에 늘 부끄럽고 고귀한 출산에 누가 되지 않을까 싶기도 합니다. 그러나 바로 그 자리가 우리가 함께 한 날들의 가장 허물없고 순수하며 진실한 자리라는 점에선 우리가 떠난 후에도 이 수필집《길 따라 가세요》를 펴는 후대 문인들에게 글이 가는 길의 따뜻함을 느끼게 되리라 싶습니다.

시와 소설이든 수필이든 특히 첫 문집 한 권을 다 읽고 나면 제게 그

작가실존은 보편적으로 한생을 같이 한 사람보다 몇 생을 함께한 것만 같습니다. 그리고 바로 그게 모든 인류와 생에 가장 고귀한 '글'의 세계라고 믿습니다. 보통 사람들이 보이지 않는 실체로서 '영혼'이라고 말하곤 하는 그 자리의 침묵의 실체를 느끼곤 합니다.

왜 그럴까? 하고 저는 글의 그 신비에 대해 한동안 생각해 보았습니다. 그 자리가 바로 '침묵언어'라고 말할 수 있는 선(禪)의 세계가 아닌가 싶었습니다. 인간이 만물과 구별되는 가장 큰 자리가 언어요, 그 언어로써 인류사회 역사는 발달하고 실로 눈부시고 화려한 언어들로써 역사 황금성체를 이루었으나, 사백님과 제가 가장 절박하게 공감했던 것처럼 가장 고귀하고 아름답고 창조적인 그 언어들이 나사렛 예수의 말대로 가장 가증스러운 '양가죽'과 '회칠한 무덤'의 욕망율법 가면을 둘러쓰고 만 자리일 것입니다.

더더욱 우리 사회가 1962년《흙속에 저 바람 속에》열풍에 의해 오늘에 이른 지금 가장 진실하다는 언어 그 우리 현대문학의 신자유주의 언어 현실 앞에 우리는 침묵언어의 펜조차 들기가 어렵지 아니합니까. 문학의 혼마저 글과 작가의 실존인격이 이분되어 문학과 작가가 함께 자유자본주의 대중소비시장의 상품으로 전락되고 만 날 앞에서 말입니다. 사실은 그 슬픔과 분노 때문에 우리는 우리 겨레 자신의 깊은 내면의 숨결 그 침묵언어의 진실로써 더욱 글을 죽는 날까지 써야 한다고 열정을 태웠습니다.

정말 잘하셨습니다. 한 푼이라도 있으면 자신과 가정은 돌보지 아니하고 사회에서 버림받은 이웃들을 쫓아다니며 줄곧 봉사하시는 삶 중 어떻게 출판비를 감당하시고 그토록 주저하고 또 벼르시던 수필집을 내셨습니까. 우리 불교문협에서도 늘 가까이 함께 하신 벗들조차 이 고귀한 수필집을 다 읽고 나서야 비로소 사백님의 감동스러운 맑고 고귀하신 실존영혼을 다 알게 된 것입니다.

현해탄을 바라보는 남해바다의 푸른 물결 금산영기(錦山靈氣) 충무 겨레혼 지족(知足)의 숨결이 끝내 가장 맑고 굳고 성스러운 님을 오늘 세상에 내셨습니다. 그 영원한 혼은 국가와 겨레가 명재경각에 매달린 위기 앞에 큰 칼 옆에 차고 순졸 이외 모두 잠든 고요한 밤 수루에 오르고 홀로 앉아 한산섬 밝은 달을 바라보며 수책에 철썩거리는 파도소리에 불현듯 환각처럼 그 어디에선가 들려오는 일성호가의 시름에 자미는 충무공의 붓끝만 같습니다.

그토록 '큰 한울'의 '우리' 자아의 자신이 아니라면 님께선 오늘의 세상에서 가장 화려한 궁전 안에서 여전히 톡톡 튀실 것입니다. 그러나 바로 그 '우리' 자아 때문에 오히려 영원한 날의 빛나고 영광스러운 자존이십니다. 바로 그 점이 전편의 수필들에 면면히 흐르고 있습니다. 그 어느 하나 자신의 실존적 가장 진솔한 실제 아닌 부분이 단 하나도 없습니다.

어린 시절에 '패철'과 '닭서리'와 같은 자리가 없었다면 어찌 그 맑고 깊고 고귀하신 세계를 다 이루시겠습니까? 법관 중 법관의 칼날이 되시기에 이미 충분하셨던 천부적 기질과 성격에서 다른 내면에 또 다른 하나 이미 깊이 잠재되셨던 문학가가 되겠다고 어찌 나서고, '엉터리 이발사' 노릇을 하며, 오늘에 '감칠맛' 같은 수필이 나오겠습니까? 모든 독자가 재미있게 읽는 속에 언어 이면의 침묵을 조금만 들여다보는 사람이라면 그 자리가 정작 무엇을 뜻함이라는 사실을 너무 잘 알 것입니다. 바로 그런 자리가 '어머니 편지' '고모님과 작숙 이야기' '불목하니 독경' '입지 못할 내복' '尨盱但'과 임진강변의 '伴鷗亭', '양화진'의 역사, '행주산성 비' 등의 역사실제와 더불어 '봉화산 정토원' 으로부터 겨레 백두대간을 따라 뻗은 겨레 유구한 정신 침묵언어들의 목탁과 죽비소리를 찾아 오늘의 서울 광장과 거리의 등경위에 다시 올려놓는데 진력하시겠습니까.

그 더욱 깜짝 놀란 것은 장시 〈목련송〉입니다.

저는 그 시를 읽으면서 언어 어휘와 구절 하나하나마다 완벽한 아름다움에 온통 매료되고 사로잡혀 거듭거듭 읽었습니다. 앞으로도 영원히 그러할 것입니다. 저는 반야심경이라도 불경은 단 한두 구절도 외워 낭송할 줄 모릅니다만 떠돌이 땡중일지라도 그 염불 목탁소리만은 비록 뜻을 알아듣지 못해도 내 영혼을 흡수해 버리곤 합니다. 그토록 목탁 염불소리가 이 지상에서 가장 맑고 아름다운 소리인데, 〈목련송〉은 내게 그보다 청아하고 아름답습니다.

그러한 〈목련송〉에서 저는 가장 흠모 존경하는 목탁염불소리 같은 시혼들을 모두 느꼈습니다. 인도 시성 타고르와 우리 겨레 시인 만해(萬海)님, 고대 중국 동진의 도연명(陶淵明), 성당(盛唐)기 시성(詩聖) 두보(杜甫), 송대 시인 당송팔대가 중 소동파(蘇東坡)를 말입니다. 도연명의 자연주의와 그 시 〈귀거래사(歸去來辭)〉를 모르는 사람은 아무도 없을 것입니다. 그러나 정작 소동파의 무정설법 그 자연의 〈개오송(開悟頌)〉과 두보의 시가 사회현실에 대한 실존서사를 기본으로 하는 자리에서 '시사(試寫)' 라고까지 말하는 세련된 최고의 서정시(敍情詩)를 완성한 자리는 정작 잘 모르는 사람이 많습니다. 따라서 타고르와 만해님의 시와 도연명의 〈귀거래사〉는 모두가 너무 익히 잘 아는 것이라 말할 필요가 없고, 저는 사백님의 〈목련송〉을 계속 읽으면서 소동파와 두보의 시를 읽는 것만 같았습니다. 실로 깜짝 놀라 황홀하게 취하고 맙니다.

그로 진도에서 가장 뛰어난 서예가에게 의뢰하여 전편을 긴 두루마리 화선지에 종으로 써서 향후 진도문학관이 설립되면 벽에 길게 펴 영원히 전시 보존하려고 합니다. 아시다시피 제 고향 진도는 겨레 시·서·화 문인화의 본산으로서 수많은 작가들이 백목련은 빠뜨릴 수 없는 것이요 수많은 작가들이 그려왔습니다. 그러나 조선 시·서·화 삼절로서 문인화의 최고 작가인 운림산방 주인 소치(小癡)님의 시(詩)나 화(畵)로부터 오늘에 이르는 무수한 작가들에게서 사백님의 〈목련송〉처럼 완벽하고 아름다운 '목련'의 장시나 그림을 저는 아직 만난 적이 없습니다.

사백님께선 특히 오늘의 수필가들이 대체로 지향하는 수필보다는 오히려 〈목련송〉과 같은 장편 서정시에 훨씬 뛰어나십니다. 사실 그 누구도 따라나설 수 없을 만큼 말입니다. 이런 자리에 사백님만 이미 지니고 계시는 깊은 심안통찰의 침묵언어로써 만약 이 시대와 사회의 모든 실존현상들을 은유 상징적으로 그리고 더러는 역리역설적 변증(辨證) 환치(換置) 역치(易置)성들로써 서정시(敍情詩)화 하신다면 그야말로 시성 두보와 같은 현대 우리 사회의 영원한 시사(詩史)를 완성하실 것이라 확신합니다.

특히 제가 요즘 고대 중국으로부터 우리 겨레 붓대의 고전(古典) 한시(漢詩)들을 탐구하는 자리에서 굴원, 도연명을 거쳐 성당기 최고의 두 시인이요 오늘에까지도 따르거나 넘어설 시인이 없는 시선(詩仙) 이백(李白)과 시성(詩聖) 두보(杜甫)의 시세계를 비교 탐구하던 자리에서 때마침 사백님의 시 〈목련송〉을 만나고 감동적으로 느끼고 새기는 자리입니다.

실로 저는 이 밤 〈목련송〉의 아름다움 앞에서 어찌 할 수가 없습니다. 사백님의 수필세계는 이미 말씀드릴 필요가 없거니와 이토록 아름답고 고귀한 장편 시 앞에선 이 한 편의 시가 모든 것을 당장 압도해 버립니다.

더욱 경외합니다. 흠모 사랑합니다.

거장 위대하신 시인 사백이시여!

축하하고 축하하며 또 축하합니다.

시든, 수필이든, 소설이든 언어구원의 가장 큰 현실 앞에 다시 섭니다.

그럼 사백님과 가정에 새해의 건강과 축복과 행복이 넘치기를 기원하며 오늘은 간단한 소감으로 축하를 올립니다.

틈나는 대로 또 소식 올리겠습니다.

2010. 1. 18

남쪽 섬 조영남 축하 올림

제1회 만해통일문학축전에서(심우장)

# 6부

# 위대한 사부님들

# 선진규 법사님의 등단 시에 답하다

그토록 오랜 세월 두텁게 가려진 법열은
미륵의 화신인가
도타운 긴긴 세월을 오로지 한길로
다가간 부처님의 가사 자락에
오늘에사 입맞추니
처연하게 굽어보신 부처님의 미소가
한량없이 맑아
하늘과 바다가 한 곳으로 이어져
생각을 내려놓고 무아의 경지에서
자비로움을,
갈무리해 가피를 조용히 내려놓는다

찬연히 빛바래다가 꺼져버린 망각이여
결코 꾸미지 않고,
위엄으로 누르지 않으며
교태로움을 벗어나 서로를 아끼는 숨결이
그리하여,
우리들 불자의 아름다운 이야기이다

지나온 연륜의 권위와 예(禮)의 질곡 속에서

접어야만 했던 혼의 숨결이
고고하게 고개 들어 그 적요한 기쁨이
어디서 왔습니까?
정이 흐르면 모였던 기가 흩어지는 세상에
기를 모아 정으로 안으시니
당신은 빈 속에서도 포만하시어
미소 지으심은 지혜의 발아를
묵언의 세계로 연을 맺게 하다

온화함 속에서도
서리보다 더 매운 속내가
향기로 비추어 모든 이
법사의 반열에 서게 함을
무량광 무량수에 걸어
지나온 세월의 붉은 상처
나이테로 새기면서
봉화산자락을 경건한 신전으로
물들이며 안으로만 고인 울음
아스라이 들려온다
가슴 속에 무겁게 가라앉은 무거운 메시지가

정토원 목탁 속에 묻히면
삶을 투시하는 미덕으로
천둥소리처럼 번져나가고…

지나온 세월에 잊어져가는 소멸의 애착이
봉화산 사자바위를 감싼
신록의 산야에 엉키면
유장(悠長)한 원(願)의 미학을
법사여
살아온 길에 돈정(敦定)할지니
상각(償却)하신 업의 길,
신덕(信德)을 길러 좋은 글 쓰옵소서

# 송운하 선생님을 그리며

선생님, 언젠가 사람이 산다는 것은 기억의 축적이라고….
좋은 추억을 우리의 가슴 속에 담을 수 있을지를 깨닫는다면 무엇을 더하며 살아가야 합니까?

그토록 알뜰히 살펴주시며 가까이하기를 살붙이처럼 하시던 선생님의 부음을 듣고 망연자실한 심정 가눌 길 없었습니다.

지난 봄 일본에서 온 지인들을 안내하여 강화도로 건너간 김에 선생님을 뵈옵고 점심을 같이하며 회포를 풀려고 휴대폰을 꺼내 전화를 하려고 하는 순간 동시에 벨이 울렸습니다.

"장 선생, 난데" 하시는 정겨운 말씀이 들려왔습니다.

"아니 선생님은 천리안을 가졌습니까? 내가 강화도로 온 것을 어떻게 알고 이렇게 전화를 하십니까?"

"다 알지. 마음이 있는 곳에 아는 수가 있는 법이여" 하시며 한바탕 호탕하게 웃으시는 목소리가 쟁쟁하게 들려옵니다.

다름이 아니고 목전에 다가온 불교문협 총회에 바쁜 일로 해서 못 갈 것 같아 장 선생한테 내 조그만 성의를 전달할까 하여 전화를 했노라, 하시며 만사를 제쳐놓고 강화도의 유명 식당을 안내할 터이니 그곳에 가만히 있으라시며 급히 달려오시는 것이 아니었겠습니까.

그렇지 않아도 작년 여름에 김재엽 사장과 선생님 댁을 방문하여 하룻밤 유하기로 선생님과 같이 약조한 터인데 이를 지키지 못해 마음 한 구석이 서늘한 처지라 참으로 반갑게 만나 뵈었습니다.

그리고 어려운 가운데도 금일봉을 내어 주시며 내가 못 가더라도 총회를 잘 치르시라는 당부도 곁들이셨습니다.

그런데 며칠 후 총회 날에 선생님이 나타나시는 것이 아니었겠습니까. 회장님에게 송 선생님의 따스한 마음을 이미 전달하고 못 오시는 것으로 다들 알고 있는 터에 나타나시니 다들 환호하며 반겼습니다.

그날 임시의장을 맡으시어 신임회장 선출 등 경륜에 걸맞는 노련한 회의 진행으로 일부의 불만을 잠재우시며 무사히 총회를 마무리하여 주셨습니다.

단아한 체구에서 우러나는 카랑카랑한 목소리로 저간의 역사를 곁들여 차분히 말씀하시니 다들 승복하고 무사히 총회를 마무리했습니다.

선생님의 문단에서의 공적과 문학사에서 차지하신 비중을 어찌 다 열거할 수 있겠습니까만 오로지 한 길 번역 저술에 몰두하시며 누구도 감히 따라올 수 없는 방대한 외국 서적을 출간하신 정력은 참으로 우리 후진들이 경탄해 마지않습니다.

"위대한 일을 할 수 있는 유일한 길은 자기가 하는 일을 사랑하는 길"이라며 문단에서 크게 돋보이지 않는 번역의 길에 온 정력을 경주하였습니다.

자기가 원하는 길에 모든 것이 불확실한 환경에서 그래도 창조적인 사고로 평생을 투자하신 선생님은 인생을 살면서 자기의 모든 것을 헌신할 만한 삶의 목적이나 대상을 찾아 정진한 분이십니다.

선생님의 단아한 체구에서 가슴 속 소리 없이 가라앉은 무거운 메시지를 읽을 수 있어서 언제나 존경스러웠습니다.

선생님이 떠나고 난 후에야 문단에서 우연한 해후가 돈독한 인연을 맺은 필연이었음을 늦게사 확실히 깨달았습니다.

선생님은 우리 문단에서 확고히 돈정(敦定)하신 분으로 오래 기억될 것입니다.

인생 역정을 딛고 강화의 외진 삶에서 여유를 보이시며 나이 들어도 늘 뜨거운 감성으로 삶을 사신 선생님!

이젠 모든 걸 접고 평안히 극락왕생하소서.

삼가 명복을 빕니다.

# 철우(鐵牛) 김두희 회장을 추모하며

우람스런 거목 한 그루, 하늘 높이 뻗어 올라간 거상의 연륜은 세월을 잊은 듯 의연히 버티고 계십니다.

온갖 풍상을 겪었을 생명, 당신의 뿌리는 얼마나 고되게 살아 왔을까? 그 많은 가지와 잎들을 돌봐주느라고 얼마나 깊은 땅속을 파고 들어가 지혈과 온갖 자양을 빨아들여 저 우람한 거목을 이루었습니까?

돌이켜 보면 우리 한국불교문인협회가 해체의 기로에 놓여 있었을 때 분연히 앞장서 사명감 하나로 좌고우면하지 않고 오로지 희생정신으로 임하신 당신의 옹골찬 의지 하나에 우리 회원들은 뒤따랐고, 더불어 삭막한 토양을 헌신적으로 개척하신 당신으로 해서 우리는 오늘의 협회를 일구었습니다.

당신이 존경스러운 것은 자기의 견해와 종교적 신념을 행동으로 증명하신 때문이라고 이 또한 우리들은 믿고 있습니다.

몇 번의 중임 끝에 임기를 마무리하시고 후임회장 추대 문제가 난항을 겪고 있을 때 저를 불러 선진규 회장님이 계신 봉화산 정토원에 동행하시어 밤을 도와 권유하시고 강권하시어 후임회장의 맥을 잇게 한 것은 오로지 철우 회장님의 일관된 의지가 있었기 때문이라고 믿습니다. 몸이 불편하심에도 회의가 있을 때면 조금도 마다하지 않고 만사를 제쳐놓고 대구에서 상경하여 유연한 언변으로 좌중을 이끌어 가신 것 또한 회장님의 역량이라 믿고 있었는데 철우 회장님께서 가시고 나니 그 모습이 한층 더 그립습니다.

저에겐 철우 회장님을 모시고 한국불교문학 편집위원장으로서 다년간 지나오면서 받아온 가르침과 삶의 교훈은 참으로 커다란 은혜였습니다. 나아가 우리 한국불교문인협회의 오늘을 있게 한 원동력이라고도 생각합니다.

문학적 사유 능력을 갖춘 인재를 많이 받아들이려고 회원 고유번호제를 실시하여 회원들의 존재성을 체계화시킨 점은 우리 회원 모두에게 문학세계를 통해 길러진 공감과 합리적 감성을 아우른 처사로서, 또 문학적 지평을 넓히신 굳은 신념의 소산으로서 우리 회원들에게 오늘을 있게 한 값진 토양이었습니다.

우리 회원들은 철우 회장님의 자비로운 은혜를 결코 잊지 않고 한국불교문학을 위해 더욱 굳게 정진할 것입니다.

그리운 철우 회장님, 이젠 만사를 잊고 불국정토에서 평안을 누리소서.

# 은사님의 부음

나는 초등학교로부터 대학원까지 교육을 받으며 많은 스승님으로부터 사랑과 지도를 받으며 학창시절을 보냈다.

지금 돌이켜 생각해 보면 많은 스승님들의 면면이 떠올라 회상에 젖기도 하지만 특히 한 분 결코 잊을 수 없는 스승이 계신다.

초등학교(국민학교) 시절 5, 6학년 2년 동안 연속으로 담임으로 가르쳐주신 분이시다.

교육자의 초임으로 우리 학교에 오시어 5학년을 맡아 연속으로 6학년까지 담당하신 분이다.

무한히 사랑을 받았다. 그분 역시 초임인지라 좌면우고(右面右顧)하시지 않고 올바른 교육관으로 가르치며 모든 성적은 그야말로 명명백백하게 시험성적으로 채점하여 우등상과 서열을 매겨서 지역사회에서 모범이 되는 선생으로 평판이 자자하였다.

특히 우리 학년 반에는 지역의 유지의 자녀가 많아서 경쟁이 심하였고 특히 우등상의 서열은 치열하여 조금만 마음에 들지 않으면 선생을 질타하기가 다반사였다.

면소재지의 최고 부자 자제, 국회의원 출마 하마평에 오르는 분의 자제, 지역 토속 부자로 아무런 구김살 없이 큰소리치며 사는 부잣집 자녀들의 욕구를 들어주기에는 지역사회가 너무 좁고 모든 것이 명명백백하여 선생님은 처신하기가 참으로 난감하였으리라는 생각이 든다.

그런 와중에도 선생님은 조금도 굽힘이 없이 처신하며 특히 나의 석차는 굳건히 지켜주셨다. 우리들 학생들은 크게 존경하고 따랐지만 일부 유력 인사와 자제들은 속으로 불평하며 못마땅하게 여기며 공공연히 타지로 전출을 보내야 한다고 말하기가 일쑤였다.

2년을 근무하고 대처인 부산으로 전근하실 때 나는 중학교에 진학하여 선생님의 지도는 못 받아도 존경하는 선생님의 은혜를 생각하며 종종 위문편지를 써서 올리며 선생님의 답장을 기다렸다.

그간의 잡다한 일이야 다 이야기할 수 없지만 내가 사회생활을 하면서 졸고를 발표한 잡지가 나오면 선생님께 보내드려 많은 세월이 흘러도 사제지간의 끈끈한 정을 이어오고 선생님으로부터 과찬의 칭찬을 받았다.

어느 핸가 서울에 있는 고향의 향우들이 모여 재경향우회의 체육대회를 개최하여 자기 지역 면 단위로 모여 향수를 달래는 시간을 가졌다.

그 모임 자리에 학교 선배이시며 그 선생님의 바로 아래 동생이신 분과 반갑게 인사하고 부산에 계신 은사님의 근황을 물으니 한참 정색을 하더니 얼마 전에 돌아가셨네, 하신다.

순간 너무도 슬프고 아린 마음에 하염없이 눈물을 흘려 그 자리에서 더 있을 수가 없어 그만 아무 말 없이 자리에서 일어나고 말았다.

그때가 봄철이라 5월 15일 스승의 날에 선생님께 서신을 올리며 나의 적은 성의를 보내주었다.

우연찮게 그만 선생님의 부의금이 될 줄이야 꿈에도 생각하지 못하고 말았다. 선생님은 나를 가르치며 나의 순위를 지켜주시느라 마음고생이 많았으리라 생각이 들어 이젠 어느 세월에 이런 스승을 만나서 가르침을 받을까 하는 생각으로 하늘을 쳐다보며 극락왕생을 기원하며 숙연해졌다.

스승의 날 보낸 돈이 본의 아니게 부의금으로 둔갑되어 유가족은 과연 어떻게 생각할까?

교과서에 나오는 장보고의 역사를 가르치며 나에게 이름도 비슷하니 장보고 같은 훌륭한 인재가 되라고 등 두드리며 격려해 주시던 선생님.

훗날 중국 산동성을 방문하였을 시 장보고의 신라방을 탐방하면서 제일 먼저 선생님을 그리며 그때 일을 더듬으며 지나온 인생사를 반추해 본다.

# 서재심 시인의 '난중일기' 해설을 읽고

우리 역사의 영원한 애국의 잠서이자 민족혼을 일깨워 민본의 사상으로 나라를 구하신 이순신 장군의 '난중일기' 해설을 소박한 필체로, 때로는 뜨거운 열정을 담아 평전으로 엮어 오랜 기간 지방신문에 연재한 서재심 시인의 평설을 읽었다.

비록 한적한 벽지의 언론이지만 의젓한 조숙함으로 펼쳐 내려간 서재심 시인의 깊은 역사 탐구의 열정이 묻어나 자랑스러움과 함께 경의를 표하게 된다. 민족중흥의 기치가 새롭게 펼쳐지던 시절부터 우리 민족에게 너무나 잘 알려진 내용인지라 그 내용을 평하여 옮기는 것은 도리어 진부하게 느껴져 여기서는 생략한다.

다만 필자의 당찬 의욕과 역사 탐험의 날카로운 통찰력으로 깊이 있게 천착한 성실한 역사의식이 돋보임은 밝혀둔다.

언론에 있어 문화의 장(場)은 침묵하고 있는 많은 사람들이 살아 움직이는 발견의 현장이며 새로운 담론이 펼쳐지는 경이의 장이어야 한다고 평소 생각해 온 터인데, 그래서 인간의 본성을 바꿀 수 있는 것은 무아에 기초한 지혜와 자비의 영적인 통찰력이라고 말한 '축의 시대'의 저자 카렌 암스트롱을 전적으로 공감한다.

위기의 국가를 구하고 새로운 역사를 도모하는 데 '사즉생'(死卽生)의 결연한 충성심으로 임한 충무공의 초인적인 애국심은 역사의 맥과 국가의 장래를 새롭게 하여 인류 역사상에 단절되지 않은 왕조를 이어가게 한 영웅의 일화로서 후세 역사학자들이 앞 다투어 영국 넬슨 제독과 동렬에 세워 칭송하는 바를 문학적 사유 능력을 갖춘 서재심 시인과 같은 애국적인 인재가 있어 더욱 빛이 난다고 생각된다.

간과하기 쉬운 역사적인 평범함을 발굴하여 합리적 감정을 아우르는 고양된 문필가를 지역 신문은 많이 길러 내야 하지 않을까 싶다. 매회 신문을 받아보며 느낀 점은 무엇보다 속 깊은 인내와 자기 성실성, 여성으로서 갖춘 섬세한 감수성으로 풀어쓴 난중일기 속의 은유에 대한 잠재적 역량이 돋보인다.

특히나 서 시인이 지닌 모든 문학의 원천이 한 번도 벗어나지 않은 고향 땅 산자수려한 화전의 조화임을 살아온 통찰로 체감하며 맑고 단아하면서도 유려하게 풀어내는 문장에 더없이 호감이 간다.

서재심 시인이 현재 활동하고 있는 관광 문화해설사로의 직분은 신분적 위압을 과시하는 낡은 제도의 상류계급은 아닐지라도 끊임없이 자기 수련과 헌신적인 열정이 같이함으로써 정신적인 양반이 되리라 믿어본다.

비록 필자가 쓴 해설본과 원본을 대조해 보지는 않았으나 앙팡지게 풀어쓴 어구에 문학적 리버럴(Liberal, 자유성)이 대단하여 '회광반조(回光反照)'라 명명하고 끝을 맺는다. 어둠 속에서 빛을 외부로 향하면 자기 자신을 비추지 못하나, 자기 쪽으로 비추면 스스로 볼 수 있다는 말로써 향후 문필가의 전범(典範)으로 크게 발전 있기를 기원한다.

# 맑은 물[麗水]에 축복을 보내며

– 고해제(告海祭)를 제안하며

창랑 그 맑은 물소리가 들려옵니다.

EXPO를 아름답게 마무리하는 역동의 도시 여수에 물은 최고의 선(善)이라고 한 노자의 도덕경 상선약수(上善若水)와 천자문의 금생여수(金生麗水)를 빌려 무한한 축복을 보내 드립니다.

여수 EXPO는 세계박람회 160년의 역사를 새로 쓸 기념비적인 축제라고 BIE 사무총장 '로세를탈레스' 의 말이 아니더라도 우리 한국인, 특히 여수 30만 인구는 너무나 가슴 벅찬 환희의 날을 기다리고 있습니다.

환희의 날을 맞이하기 위하여 과연 우리 여수 시민은 무엇을 생각하며 또 어떤 마음가짐으로 다가온 천재일우의 기회를 잘 갈무리하여 후회 없는 대회를 치러야 하는지 한 번 곰곰이 생각해 볼 일입니다.

한반도 최남단에 위치하여 주변이 주는 천혜의 풍광으로 해서 심성이 곧게 살아온 복 받은 사람들의 터전이라 굽이굽이 돌아드는 리아스식 해안의 절경을 품에 안고 살아온 이곳이 "살아 있는 바다 숨 쉬는 연안" 이라는 주제는 더없이 친근감이 드는 터입니다.

여수인이 아니면서 여수인보다 더 여수를 사랑하는 사람으로 감히 여수에 축복을 보내며 당부 드립니다. "여수의 기적을 창조하라" 고.

EXPO를 계기로 문명과 예술의 모든 영역에 시민은 관심을 기울이고 역사를 새롭게 보는 눈을 일깨워야 되지 않겠나 하는 생각입니다.

며칠 전 여수에 사는 누구보다 여수를 사랑하는 사람의 초청으로 여수를 방문하였습니다. 기초 기반시설을 닦느라고 온통 시내 전반이 역동적으로 활기차게 공사를 하고 있었습니다.

귀경하기 위해 켜 논 내비게이션이 작동되지 않아 길을 안내하는 봉사자 모범 운전기사가 길을 안내하여 주며 한참 공사중이라 불편하시더라도 잘 살펴 가시라는 친절한 안내에 인사도 잊지 않았습니다.

앞으로의 EXPO 기간뿐만 아니라 계속하여 외지 관광객들에게 친절한 시민의식으로 대하여 주었으면 하는 마음이 들어 하등 불만 없이 길을 물어물어 왔어도 즐거운 여행길이 되었습니다.

이젠 여수는 한국의 해상 수도로 자리매김하게 되었으며 장차 동북아 해상의 허브 도시로 자리매김할 날도 머지않았다고 봅니다.

이제 여수는 새로 태어나야 합니다. 그러기 위해서는 30만 여수 시민이 성숙한 시민의식으로 차분히 대회를 치러야 된다고 봅니다.

초기 과잉투자에서 오는 손실을 일시적인 흥행으로 치부할 것이 아니라 훗날 방대한 시설의 재활용으로 새로운 산업을 활성화하기 위해 지속적인 관광객 유치에 시민 전체가 앞장서야 될 것입니다.

어떤 산업보다 승수효과(乘數效果)가 큰 관광 산업인 만큼 지금의 시민들의 친절한 봉사정신이 일회성이 아닌 지속적인 시민정신으로 정착될 때 여수의 역사는 길이 빛날 것이라 믿습니다.

지금 시간이 없습니다. 여수의 시민은 여수의 아름다운 바다를 얼마나 탐구하고 사랑했는지?

일찍이 니체는 "모든 사람은 자기 자신에 대한 탐구를 단 한 번도 시도해 보지 않았기 때문에 자기 자신에 대해 먼 존재"라고 했습니다.

우리가 살아오면서 가장 하찮을 것 같으면서도 회한을 많이 남기는 것이 아마 시간일 것입니다. 그러하오니 시간을 아끼십시오.

끝으로 한 가지 제안하며 당부 드리고자 합니다.

오늘의 여수를 있게 한 역사적 사실은 470년 전 왜구의 침탈이 극심할 때 삼도수군 통제소인 좌수영이 이곳에 자리잡아 그 위용과 애국정신으로 무장한 이순신 장군의 거처가 있던 곳으로 간악한 왜구들도 감이 범접 못한 역사적 장소가 아닙니까?

정유재란시 순천 방향에서 철군하려는 왜장 고니시 유키나가(小西行長)가 왜 명나라 수군 제독에게 뇌물을 바쳐가며 철군하는 길이 왜 여수 앞바다가 아니고 남해 노량이었습니까?

역사적 기록은 아니더라도 저의 추론으로는 좌수영이 있는 여수 앞바다에는 지레 겁을 먹고 좁은 수로인 노량해협을 통과하려고 한 것이 아닌가 하고 유추해 봅니다.

이런 역사적 의미를 오늘에 되살리는 의미로 EXPO 전야에 장군의 위령제인 고해제(告海祭)를 지냈으면 합니다.

오늘을 있게 한 장군에 대한 최소한의 예의라고 봅니다.

만일 행정 당국이 미처 생각하지 못하였으면 신문사가 먼저 나서 주십시오.

위령제에 피우는 향의 향기가 멀리 퍼져 나갈수록 여수의 미래도 밝아질 것이라 믿습니다. 향기는 멀수록 맑은 법입니다.

맑은 물이 흐르는 여수의 EXPO 성공에 축복을 보냅니다.

남해 충열사

# 7부

# 회한에 찬 염원

엑스포의 성공적인 대미를 축하하며
신산스런 인생역정, 자비로운 불심으로 감내해
박봉열 회장 고향에 불교성지 조성
난중일기에 묻힌 회한
길 따라가며
제3회 류호산백일장 집행사
(사)화전별곡선양회 설립취지문
내선일체(內鮮一體)

# 엑스포의 성공적인 대미를 축하하며

– 친수산업도시 건설을 위한 해양위령타워 건립을 제안한다

전 국민의 성원과 여수 시민의 희생적인 협조로 엑스포는 진행 과정에 노정된 문제점이 있었어도 이를 극복하기 위한 조직위원회와 관계자 여러분의 열성적인 노력으로 성공적인 대미를 맞이하였기에 깊은 찬사를 보내는 바이다. 역대 타국의 엑스포에 비하여 협소한 도시에서의 개최로 말미암아 숙박과 교통 인프라 구축이 단기간 내에 이루어지기 어려운 것은 처음부터 예견한 바이지만 다소간 시행착오를 거치면서 불편을 최소화한 것이 대견한 일이라고 본다.

나는 7월 말경 지인들과 같이 행사장 구석구석을 돌아보면서 준비하고 개최한 노력을 높이 평가하지 않을 수 없었다. 그 연장선상에서 차후 이 방대한 시설물을 어떻게 활용하여 지역의 발전을 가져올까 하는 생각에 잠겼다.

개관 초 일시적으로 조금은 미달된 관람객 숫자로 조바심이 일었으나 다행히 잘 수습되어 목표인원 800만 명을 달성한 것으로 알고 있다.

기이 정부 당국자나 행사를 유치하고 준비한 조직위원회의 치밀하고

꾸준한 연구로 좋은 방안이 이루어지리라고 믿지만 나의 소견을 보태보고자 한다.

오늘날 세계적인 자원 분포현상을 살펴보면 육상의 자원이 거의 고갈되어 가는 상황이라 세계 각국은 앞 다투어 이젠 바다에 눈을 돌리고 있다. 삼면이 바다로 둘러싸여 있는 우리나라로서는 천혜의 자원을 개발할 수 있는 바다가 바로 우리의 확실한 미래의 성장 동력이라고 확신한다.

세계 경제시장은 유럽 발 경제위기로 인한 대단위 리스크(risk)가 다가온다고 야단이다. 우리도 엑스포를 끝내고 필연적으로 닥쳐올 난관을 극복하기 위해서는 주변국(특히 중국이나 인도)보다 우리가 상대적으로 우위에 있는 서비스 산업의 경쟁력을 가지고 이 시설물을 잘 활용하여 서비스 시장에 본격적으로 진출할 기회를 바로 지금 만들어야 한다고 본다.

향후 지속적인 성장과 발전의 길이 이곳에 있다는 것이 자명한 사실이다. 이러한 관점에서 바다를 경외하고 친근하게 우리 곁에 두기 위한 방안으로서 평소 생각해 온 방안을 제안하고자 한다. 다름 아닌 해양위령탑 건립이다. 이에 따른 당위성은 논외로 하더라도 막대한 자금을 들여 만든 시설을 효과적으로 활용하고 여수가 친수산업도시로서 발전하기 위해서는 지금이 적기라고 본다.

향후 인류 문명은 바다로 바다로 무한 확대되고 있는데 과연 우리의 준비는 어떠한가?

이곳에 영원히 꺼지지 않는 불을 밝혀서 해양국가로서의 위상도 드높이고 그 시설물을 이용하여 우리 한반도에서 조상대대로 살아오면서 바다를 개척하기 위해 산화한 수많은 영령들을 위로하는 장을 마련하자는 것이다.

지금(2012년)부터 123년 전인 1889년도에 개최한 파리 박람회는 에펠탑이라는 상징물을 남겨 프랑스가 세계적인 관광국가로 성장해 온 터전을 마련한 것은 역사가 잘 증명하고 있지 않은가?

우리 여수 엑스포는 무엇을 남길 것인가?

여수를 추억할 바다의 비전을 담아서 역사에 길이 빛날 상징물을 남겨야 하지 않을까?

향후 국가적인 차원에서 해양위령의 날을 제정하여 매년 이곳에서 위령제를 지내게 되면 여수는 지정학적으로 우리나라가 삼면 바다에서 중심축에 해당되는 곳이므로 참으로 잘 어울리는 적지라고 생각이 든다. 부수적으로 기존의 시설을 활용하는 행사를 매년 지속적으로 개최함으로써 명실공히 해양수도로서의 존재감이 살아날 것이라고 믿는다. 전국 해양체육대회를 개최하게 되면 여수는 자연히 해양수도로서 거듭나지 않을까 싶다.

여수를 중심축으로 한 주변의 5개 시군을 합치면 인구도 백만 명이 넘으리라 추정된다. 이렇게 성장의 길을 가다 보면 언젠가는 여수를 중심축으로 한 해양특별시도 비전 없는 허황된 구상이 아니라고 본다.

이번 행사를 준비하고 개최하는 데 심혈을 기울인 여수 시민과 관계자 여러분의 노고를 치하하면서 끝으로 여수의 지역 일꾼에게 당부 드린다. 잠시도 쉼 없이 일렁이는 바다와 같이 더 큰 목표와 가능성을 향해 전진하길 바란다.

에릭 홉스봄의 《미완의 시대》에 "세상은 저절로 좋아지지 않는다"라고 했다. 부디 균형 잡힌 시각으로 역사적 안목을 지니어 백년대계를 이룩하기를 바란다.

# 신산스런 인생역정, 자비로운 불심으로 감내해

– 이보연 수필집《못 다 갚은 딸의 빚》해설

대애무언(大愛無言)이랄까. 이보연 작가의 수필집《못 다 갚은 딸의 빚》을 보면서 이렇게 명명해 보았다.

이 책에 실린 수필가 이보연 선생의 기구한 삶의 궤적을 그의 솔직한 화법으로 가감 없이 술회한 작품들을 읽으면서, 신산(辛酸)스런 삶의 여정을 꿋꿋이 지탱해 온 작가를 생각하니 어느 누가 굳이 거론하지 않더라도 작가 스스로 충분히 괴로운 삶을 영위해 왔음을 엿볼 수 있었다.

터질 듯한 아픔을 감내하느라 신음하며 지내온 인생역정은 그에게 있어 자비로운 불심이 깊이 스며들지 않고서는 결코 견뎌 내기 힘든 삶의 과정이었을 것이다.

그나마 그의 참담한 심사를 다독거려 주는 수필가라는 문학의 길이 그와 함께 존재하고 있었기에 신산한 인생역정을 감내할 수 있는 힘이 되었다고 생각한다.

자기 독백처럼 읊은 문장 곳곳에서 그가 걸어온 역경을 유추해 보면 그가 얼마나 강력한 자기 확신을 삶의 동력으로 움직여 온 사람인지를 알게 한다.

그가 문인의 여정에서 써온 글들이 외형적으로 결코 화려하지는 않아도 수채화같이 은은한 아름다움이 내재되어 있는 것은 태생적 아프게 감내한 사랑의 심성으로 쓴 절규이기 때문이리라.

무엇보다 작품 곳곳마다에서 불타의 자비로운 사랑을 실천해 가는 여정이 돋아나 인품과 후덕함이 쌓여서 묵향처럼 은은하여 쉽게 가라앉지 않는 여운이 남는다.

남들은 쉽게 오지랖 넓은 처신이라 할는지는 몰라도 좋은 날 오기만을 기다리며 서러운 세월을 피땀 흘리며 살아온 결실이 아니겠는가?

문학 이전에 삶이 올곧았고 그로 인해서 그가 쓰는 문장에서 우러나는 희생정신은 순교자적 정신의 산물이라고 보여진다. 남편 또한 불자이기에 인생의 동반자로서 같은 지향점을 향하여 동행함으로써 수필가 이보연에게는 든든한 버팀목이 되어 줌으로써 더욱 그러하다.

또한 삶의 진정한 주제에서 꽃핀 체험적 문장을 심도 있게 다루고 있어 문득 '현명한 사람의 입은 가슴에 있다' 는 솔로몬 왕의 격언이 떠오른다.

작가가 작품을 쓸 때 주제 관점에 따라 쓴 내용들은 대체로 긍정적으로 봤는지, 혹은 부정적으로 봤는지에 따라 독자에게 주는 감흥의 질이 다르게 나타나는데 그의 진솔한 의미에서의 수필은 사고의 피력에 있어 가감 없이 술회하였기에 단순하면서도 직접적으로 작가 자신의 생각을 읽을 수 있게 한다.

좋은 내용의 글을 편향된 시각으로 평가절하하지 않는 자세가 기본적 소양이라고 정의할 때 이런 풍토에서 문인의 자질은 상승한다고 본다. 구체적으로 우수한 글을 쓰는 능력과 주제에 대한 임상적 경험과 배경에 대한 지식을 살펴 쓰는지의 여부가 공정하게 수필을 평가하는 기준점이라고 생각한다.

더불어 수필가 이보연 선생에게 당부하고 싶은 말은 작가가 걸어온 지난날의 영혼의 상처는 낫는 게 아니라 떠나보내는 것이며, 그 아픔은 지워지는 게 아니라 기억하는 것임을 헤아려 사랑으로 전해 오는 당신의 향기를 이 세상의 아름다움으로 표출시키는 문학 활동으로 보태시기 바란다.

독자들께는 어느 작가의 인생역정에서 절망을 희망으로 환치시키는 아름다운 삶을 애정 어린 시각으로 보아주길 희망하면서.

# 박봉열 회장 고향에 불교성지 조성

우리의 주변에서는 인식의 차이는 있겠지만 언제나 경계가 있음을 보아왔다. 무엇보다 공간과 공간을 보호한다는 차원에서 그 경계는 시간적으로나 공간적으로, 또 인식적으로 존재해 왔다. 일찍이 노자(BC 6세기 제가백가로 도가의 창시자)는 "칸을 막아 공간을 만들어 주어야만 그 속에서 창조의 아름다움과 신비를 느낄 수 있다"고 설한 바 있다.

바로 그 노자의 '공간 조성에 따른 창조의 아름다움'을 깊숙이 인지해 온 (주)광건티앤씨 박봉열 회장은 인간 중심의 산업환경을 위하여 미래를 내다보고 공간 장식을 위한 칸막이에 전력을 기울여 온 산업역군이다. 『한국불교문학』 발행에 광고 스폰서로서도 매우 낯익은 인물이기도 하고, 특히 한국불교문인협회에서 개최하는 비중 있는 행사 때마다 기념 타올 등으로 적극 후원해 온 재가불자의 한 사람이다.

그가 태어난 경상남도 남해군에 위치한 고향 파랑개는 지명에서부터 묻어나는 범상치 않은 향기가 신비의 아름다움을 품은 채 올곧게 뻗어 화전땅 끝자락에 자리하였는데…. 금산의 정기가 뻗어내려 현해탄을 바라보며 대미를 장식한 망산(望山) 자락에 오랜 염원을 품고 자비로움을 담아 안온하게 좌정한 바위는 한 폭의 탱화처럼 신비롭기만 하다.

바로 이곳이 박봉열 회장께서 태를 묻고 자라 불심 하나로 살아오게 한 길지의 땅이다. 그 바위 아래 터를 잡은 초옥에서 유년시절을 보내고 이제는 세계를 향해 산업역군으로서의 대문을 활짝 열어젖힌 그는 과연 누구이며 무슨 생각과 심성으로 오늘을 살아가는가? 언젠가 영혼이 편히 쉴 귀향의 고장으로 점지한 그는 이곳에 '연화좌대석가모니좌불상' 을 세우고 자연을 송(頌)한 비문을 새겨 이곳을 지나는 이들에게 불덕을 찬하였는 바 이는 하늘과 푸른 바다에 던지는 영원한 화두로서 자비광명의 역사라고 기록될 것이다. 부디 이 대역사가 그의 사업에도 활력을 제공하는 긍정적인 요소로 작용하여 박봉열 회장께서 우리나라 최고로 성공한 사업가로 안착하길 기원해 본다.

빈 공간과 함께 또 다른 공간이 창출하는 구도는 그 자체가 미학적 개념도 되지만 그 주제를 어떻게 부각시켜 나가는가가 매우 중요한 미래산업의 풍토에서 그는 '공간미학' 을 기업이념으로 삼아 세계를 향해서 특히 미국과 베트남 등으로 사업의 외연을 확대하며 동분서주하고 있다. 오로지 돈독한 불심 하나로 준엄한 산업 현실에 임하는 그가 우리에게 남기고 싶은 것은 아마도 '이렇게 노력해서 성공했다가 아니라 이렇게 살아왔다' 는 메시지일 것이다. 비문에 새겨진 "자연과 인간을 한없이 사랑하라. 남의 것을 탐하지 말고 노력으로 성취하고 선행을 잊지 마라. 삶의 지혜는 상식선에서 벗어나지 마라"가 지나가는 이의 시선을 잡아 모은다.

부디 영험하시고 자비로운 부처님의 따스한 온정이 이곳에 길이 깃들기를 기원 드린다.

# 난중일기에 묻힌 회한

지금도 난중일기하면 떠오르는 하나의 회한이 나를 부끄럽게 한다. 난중일기의 인연의 단초는 이렇다.

지나간 세월이 흐른 일이라 정확한 년대는 기억하지 못하지만 아마 1970년대쯤인가 보다. 돌아가신 박정희 대통령께서 국론 결집의 방편으로 성웅 이순신 장군의 난중일기를 크게 부각시켜 전국적인 붐이 일어나고 있을 즈음에 일 년에 한두 번 명절 때 고향을 찾아가 부모님을 뵙고 쉬어오고 있었다.

그럴 때면 이웃 어른들에게도 찾아가 인사를 드리는 것이 상례로 알고 찾아가서 인사를 드리면 반가워하며 서울 소식이나 듣자고 채근하신다.

별 할 말은 없어도 어른 대접으로 쇄쇄(瑣瑣)한 이야기도 들려드리면 좋아라 하신 모습이 지금도 눈에 선하다.

한 번은 아버님과 친구이시며 이웃으로 한 우물물을 먹고 사는 어른이 나의 인사를 반갑게 받고나서 "내가 자네한테 한 가지 부탁이 있네"

하신다.

나는 시골 어르신들의 성품을 너무나 잘 아는 터이라 결코 부담이 되거나 어려운 일은 부탁하지 않는다는 것을 알기 때문에 스스럼없이 "무슨 부탁말씀인지 하십시오" 하고 기다렸다.

"내가 알기로는 자네는 어릴 적부터 많은 책을 읽고 지금도 책을 가까이 접하고 있는 줄을 알고 있네. 그러니 요즈음 전국적으로 이순신 장군에 대한 난중일기가 붐이라고 하는데 이런 시골에서는 사서 보려고 해도 없으니 자네가 서울 가거든 한 권 구해서 보내주면 하네" 하신다.

"알겠습니다. 그렇게 하겠습니다."

쉽게 대답하고 상경하였는데 차일피일 업무에 지치다 보니 그만 까맣게 잊고 말았다.

그분이 타계하고 난 후에야 크게 후회하며 미안한 마음 가눌 길 없었다.

어린 중학교 시절 읽을 책이라곤 교과서뿐일 때 길 건너 바로 앞에 서점이 들어와서 면소재지의 면모를 제법 갖추어 영업을 개시하였다.

가정형편상 책은 보고 싶은데 사서 볼 형편이 못 된 처지라 『학원』 등 신간서적이 나올 즈음이면 괜스레 서점 앞을 배회하면서 표지만 훑어보는 것이 일과였다.

이러한 행동을 눈여겨보아온 서점 아주머니가 하루는 나를 부르더니 신간서적을 신문지로 고이 싸주면서 깨끗이 보고 내일 가져오라고 하신다. 그렇게 감사할 수가 없었다.

매일 밤을 도와 책을 읽고 다음날 아침에 가지고 가서 감사하다는 인사를 건넬 적마다 인자한 미소로 공부 열심히 하라고 격려해 주시는 것이다. 나는 그분의 고마운 정성에 조금이라도 보답하기 위해서 토요일이 되면 산에 가서 가리비를 긁어와 불쏘시개를 하라고 주었다.

보답이라고는 할 수는 없지만 그렇게 해서라도 나의 감사한 마음을 전하고 싶었다.

아주머니 역시 고맙다면서 하루도 거르지 않고 책을 싸주시어 읽은 덕분에 나의 독서량은 중학교 때 거의 이루어진 느낌이다.

그러다 보니 중학생에게 넘치는 책도 마다않고 닥치는 대로 읽어서 중학생으로는 감히 읽지 못할 토마스 칼라일(Thomas Carlyle, 1795~1881)의 《영웅과 영웅의 심리》 같은 책도 아무런 의미도 이해하지 못하면서 그저 다독으로 섭렵하여 책벌레란 소리를 이웃 간에 듣는 터이라 그 어른도 익히 알고 계셨다.

나의 독서량의 거의 절반이 중학교시절에 이루어진 터이다.

이러한 세월이 무심히 흐르고 난 후 새삼스러이 〈난중일기〉가 머리에 떠오른 것은 남해시대신문에 게재한 서재심 씨의 난중일기를 접하고부터다.

신문사의 권유로 서평 아닌 독후감을 써서 신문에 게재하게 되어서 가만히 돌이켜보니 그토록 난중일기를 읽기를 원하시던 어른의 부탁을 들어주지 못한 나의 전철이 한없이 부끄럽기만 하다.

나의 흉중에 이러한 사연으로 해서 써야겠다는 어떤 의무감이 들어 모자라는 글로써 발표하게 되었다.

그때까지 필자와는 일면식도 없지만 벽지에서 관광 해설사로 일하면서 일찍이 문예지에 글을 발표한 문인으로 난중일기를 어느 대가 못지않게 풀어쓰신 열정과 애국심은 누구도 흉내 낼 수 없는 터이라, '난중일기를 읽고' 란 서평을 써서 발표하게 되었다.

작가의 그늘에 묻어 나의 부끄러운 전철을 상쇄하는 마음으로 발표하게 되어 늦게나마 이젠 고인이 되신 그 어른께 마음으로나마 난중일기를 전하면서 용서를 빈다.

# 길 따라가며

중국의 고승 마조(馬祖, 709~788) 스님은 깨달음은 그 궤적을 남기지 않는다고 했는데 우리들 문학인은 한 번 발표한 글에서 무한의 책임을 지는가 보다.

작년(2009)에 내가 발간한 책자 《길 따라 가세요》를 읽고 많은 지인들이 소감을 이야기해 와 참으로 감사하다는 마음이 들었다.

수없이 쏟아져 나오는 문학지들을 건성으로 읽거나 그렇지도 못한 적이 많은데 잘잘못을 지적해 준다는 것은 그만치 관심을 갖고 읽어준다는 것으로 저자로서 그것보다 반가운 일은 없다는 생각이 든다. 제목이 시사하는 대로 내용이 어울리지 않는다는 어느 선배님의 질책이 있는가 하면, 한편으론 뜻있게 부합된다는 칭찬도 있어 잠시 혼란스러워도 기분이 나쁘지 않았다.

그 후 가까운 친구들은 스스럼없이 모였다 하면 화투놀이 하자는 것을 은어로 '길 따라가세요' 농을 하며 웃는다.

이 모두가 내 문학의 도정에 성숙의 지표로 삼아 정진하는 데 교훈으로 삼으려는 심정으로 몇 가지 간추려 보았다.

가만히 돌이켜 보면 이젠 그리운 것들의 목록만 늘어나는 세태에 들어서고 보니 사라져 버려지는 그런 의미들을 위한 여백을 새기고 싶은 마음으로 폭염을 이기고 좌정해 보내온 글들을 정리해 보았다.

혼자지만 결코 외롭지 않은 '길' 에서 고달파도 많은 걸 배우고 있고 들을 수 있는 '길도 있다' 는 미국에서 살고 있는 절친한 친구의 목소리는 비록 수륙 몇 만 리 떨어져 살아도 마음만은 외롭지 않다는 소회에서 그리움은 더하고, 자신의 한계를 알고 스스로 접어야 하는 '길' 이라는 대목에서는 자신의 비재를 절감하게 된다.

그러나 전인미답의 길이라도 개척하며 가야 하는 '길' 도 있는가 하면 아는 길도 물어 가야 하는 때도 있는 법, 아무리 같이 가고파도 혼자 가야 하는 '길' 은 언제고 우리 인생을 마감할 때 아닌가 한다.

나는 이 대목에서 가장 깊이 있게 사고하고 많은 시간을 보냈다.

평소 우리 조상들이 선호한 오복 중에 수, 부, 귀 등 앞의 것은 차치하고 상서(尙書) 홍범(洪範)에 수록되어 마지막으로 열거한 고종명(考終命)을 가장 중히 여긴다. 사람은 '죽음 복' 을 타고나야 한다고 믿으며 평소에 잘 사는 것도 결국은 잘 죽기 위한 전제가 아닌가 한다. 그때는 혼자 가야만 하는 길이다. 옛날의 순장제도는 예외로 하고.

결코 혼자서는 안 되고 모두 같이 가야 하는 '길' 도 있다고 하면서 학창시절과 군대 생활도 같이 보낸 화가인 이군이 돈독한 우의를 표시하며 비록 표지화에 쓰지는 않아도 그림을 그려 보내 준 친구도 있었다.

반면에 아무리 쉬워도 결코 가서는 안 되는 '길' 이 있다고 하시며 좀 더 깊이 있는 사고로 글을 쓰기를 바라는 형님의 고언도 귀담아들었다.

지름길을 마다하고 멀리 돌아가야 하는 '길' 은 속담 "길이 아니면 가지를 마라" 는 우회적인 표현인지? 우리 인생이 살다 보면 신기루처럼 보이다가 없어지는 미망의 '길' 도 있으리라.

지옥에 이르는 길은 수많은 선의로 포장되어 있다는 서양의 경구도 읽어 보았으며, 현재 한국 문단에서 살아 있는 거목 박완서 선생의 〈못 가 본 길이 더 아름답다〉라는 저술에서 미지의 세계를 찾아나서는 관광의 의미도 한 번 접목해 보았다.

" '길' 은 원래 주인이 없고 걷는 자가 주인이다"라고 가르치신 조선시대 지리학자 신경준 선생의 말씀도 전해 들었다.

"옳은 길은, 굽이진 길도 마다하지 않고 챙겨서 걷는 '길' "이라고 하신 돌아가신 아버님의 훈계는 주위를 잘 살피라는 형제간의 우애의 지침이 아닌가?

" '길' 을 가다 보면 중도 보고 소도 본다" 고 말씀하시며, "길에는 인간만사 교훈이 담겨 있어 만사를 헛되이 보지 말고 살아야 한다" 고 하신 어머님의 모습도 그립다.

" '물길' 들 때 배 저어"라고 고향 바닷가에서 유년시절 멱감던 죽마고우의 살갑고 비릿한 고향 정경이 담긴 이야기는 잔잔한 미소가 스며든다.

어느 중소기업의 사장은 "외롭고 힘들어도 남이 가지 않은 길을 간다" 고 술회하면서 사업을 일으킨 성공비화를 들려주기도 했다.

배움은 성인에 이르는 '길' 이라며 "학이지성인지도(學以至聖人之道)" 의 교훈을 써 주신 눈매 한갑수 선생님의 교훈이 담긴 친필은 한성장학회의 회훈(會訓)으로 삼아 사무실에 걸어 놓고 사부님의 체취를 가까이 항상 느끼고 있다.

모 작가의 종교 성지 순례기에 "걸음은 끝나도 '길' 은 끝나지 않았다" 고 술회하면서 " '길' 은 영원하다. '길' 은 자유였다" 는 글 속에서 참 구도자의 면면을 유추해 보면 숙연해지는 마음 가눌 길 없었다.

조계종 종립 은혜사 승가대학 원장으로 우리 한국불교문인협회를 잘 다독거려 주시면서 매년 초대의 글을 써 주시는 지안스님은 임중도원(任重道遠, 임무가 중하면 길이 멀다)이라고 반야지에 써 주셨다.

우리 사바세계에서 살아가는 중생들에 있어서는 누가 뭐래도 가장 고귀하고 또 가야 할 '길' 은 부처님의 자비의 '길' 이 아닌가 한다.

오늘도 처연하게 마음의 길 따라가면서 폭염 속에서 들려오는 매미 소리를 들으며 이 소리가 간헐적으로 끊겼다 이어지는 순간에 또 여름은 가고 세월도 가겠지? 제행무상.

# 제3회 류호산백일장 집행사

바다가 그리운 사람은 산에 올라가 바다를 보아라. 흐드러지게 일렁이는 파도소리를 듣노라면 산도 그리워질 것이다.

쉼 없이 반복되는 자연의 섭리가 학생 여러분의 가슴에 파고들면 우리 앞에 다가온 가을의 가슴이 뜨거워짐을 느끼리라.

꿈과 풍요를 안고서…….

여러분이 발을 딛고 살아가는 화전 땅에 세세연년 변화를 익히면서 면면히 이어온 선경의 자태가 바로 학생들의 면면으로 스며들어 원대한 꿈으로 이어가리라 믿는다. 그리하여 영원한 복 받은 고장에서 생을 받은 행복이 오늘 이 백일장을 통하여 크게 활개치고 결실을 맺어, 나 화전에서 공부했노라고. 이 세상에 태어나 가장 정의롭고 값진 일 한 번 한다는 신념으로 후회 없는 삶을 살기 위해 오늘에 최선을 다하여 원대한 존재감을 나타내자. 어려운 길 걸어 꽃길을 조성하리라 믿는다.

# (사)화전별곡선양회 설립취지문

"花田" ―시간이 멈춘 섬―을 꿈꾸며

'선경(仙境) 이곳에 자리잡다' 라는 일점선도(一點仙島)에 고고한 화전별곡의 선율이 흐르면 하늘과 땅 곳곳에 조화로운 태초의 기운이 퍼져서 신화의 땅으로 우리 앞에 다가옵니다.

일찍이 자암 김구가 유배 온 한(恨)과 원(怨)이 서린 형극의 길에서도 신탁(神託)으로 쓰여진 화전별곡이 수세기를 감돌아 보석처럼 우리 앞에 안긴 것은 소멸의 애착이 신덕(信德)을 길러 옛것의 소중함을 불러일으켜 주는 자애로움이라고 믿습니다.

그리하여 오늘에 사는 우리 후손들은 이 땅을 거쳐 간 역사적인 선현들의 참 마음을 증득(證得)하고 바로 알아서 천혜의 선경이 우리에게 주어진 아름다움이 세상을 구원할 수 있으리라는 소박한 믿음의 진리를 오늘에 펴고자 합니다.

뜻을 같이하는 분들과 함께 모임을 구성하여 흉허물 없이 살아가는 즐거움을 가지려고 합니다.

"좋은 것은 언제나 미래에 있다(The best is yet to be)" 고 했습니다.

아름다운 미래를 위해, 우리 함께 화전의 광장에서 만나 인문학적 소양을 마음에 익혀 자암이 남기고 간 화전별곡을 화전의 경전으로 삼아 유유자적한 여유로운 모습으로 즐거움을 나눠 갖기를 바랍니다.

2016년 (가칭)사단법인 화전별곡선양회 발기위원장 구 덕 순

# 내선일체(內鮮一體)

일본 제국주의가 우리 한반도를 강제로 병합한 이래로 식민지 지배를 영구화하기 위하여 내건 황국식민화 정책인 '내선일체'를 펼친 것은 내가 태어나기도 전인 1937년도의 일이다. 내선일체는 일제가 태평양전쟁(제2차 세계대전)을 일으켜 조선의 협력 강요를 위해 취한 조선통치정책의 일환이다.

일본과 조선은 한 몸이라는 뜻을 함축한 것으로 이후 조선에 대한 일제식민정책의 표어로 등장되었다. 두 말할 것도 없이 조선인의 정신을 말살하고 확실히 착취하기 위하여 만들어낸 구호인 것은 자명한 사실이다.

그 속뜻은 조선의 지배를 영구화하기 위하여 조선인의 뿌리를 송두리째 뽑기 위한 수단이었다.

나는 내선일체란 용어를 해방이 되고 한참 후에 중학교에 들어가서야 들을 수 있었다. 그러나 지금도 내가 갖고 있는 한글학회가 지은 국어대사전에도 내선일체란 어휘는 찾아볼 수 없다. 그저 단편적으로 들어서 알게 된 상식에 불과하다.

나의 얄팍한 지식으로는 그 속에 내재되어 있는 압축적 설명으로는 그 진실된 내용을 다 담아낼 수 없는 역동성이 있다고 본다. 1938년 이후에는 부분적이나마 시행하던 조선어 교육마저 폐지하고 일본어 사용을 강제로 시행하여 당시 국민학교 학생마저 조선어를 사용하면 벌도 주고, 한편으로는 창씨개명을 강제로 시행하여 명분상 조선인과 일본인과의 평등을 외치며 서로 결혼도 크게 권장하여 내선일체로 포장하였다.

어린 생각에도 어찌 섬나라인 일본이 우선된 내지이고 조선이 다음인 내선이라고 했는지? 몹시도 괘씸하고 미운 생각이 들었다.

근년에 들어 새삼 내선일체에 감춰진 허구성과 비애가 담긴 사례를 접할 수 있어 역사란 무엇이며 정의란 무엇인고. 현재를 살아가는 자신에게 묻고 우리 사회의 합리가 무엇인지? 되물어보는 화두(話頭)다.

해방이 되고부터 일본 제국주의가 악랄한 방법으로 우리 선열들의 독립투쟁을 말살하기 위해 취한 간악한 수단들을 들으며 일제를 미워하며 자라왔다.

독립운동의 과정에서는 김구 선생의 상해 임시정부 투쟁과 이봉창, 윤봉길 열사 등의 활약상과 만주 벌판에서 활약한 김좌진 장군 등 투쟁사를 들으며 울분을 삼키며 성장했다. 그런데 근래 우연한 기회에 성인들의 독립투쟁사는 접어두고 당시 어린아이(국민학교 학생)의 몸으로 성인 못지 않은 투쟁을 함으로써 일제를 놀라게 하였다는 일화를 듣고 참으로 큰 충격과 감격으로 우리의 독립운동사에 어린이 투쟁도 첨가하여 새로운 장을 신설해야 한다는 생각이 들었다.

독립만세사건에는 학생 신분인 유관순 열사의 투쟁사는 있어도 국민학교 학생의 투쟁사는 어느 곳에서도 찾아볼 수 없었는데 늦게 알게 되어 성인들 위주의 기록에 어린이의 빛나는 투쟁사를 첨가하여야 한다는 생각으로 단편적이나마 이 글을 쓰게 되었다.

조선땅 경남 합천군 대병면 성리 태생인 권성삼(아명)의 일화다.

척박한 농촌에서 태어나 식생활이 어려운 데다가 아버지(권중백)마저 독립운동 지원차 상해로 건너가 활동하다 보니 자연 집안의 형편은 극도로 비참하여 끼니조차 잇기가 어려운 형편이었다.

그러나 권 소년은 태생적으로 총명하여 배움을 갈망하고 있던 차, 일본에 거주하는 숙(叔)되는 분이 권 군을 데리고 가서 학교에 입학시키고 돌봐주었다. 거주지가 일본 효고겐 고베시 국민학교에 들어가니 전교에서 조선학생은 혼자였고, 그러다 보니 매일 일본 아이들의 놀림감이 되고 아무 잘못없이 매를 맞고 다녔다.

그것도 하루 이틀이 아니고 매일같이 맞고 보니 억울해서 선생님께 호소해도 일본 학생만 두둔하고는 권 소년에게는 아무런 잘못이 없는데도 매를 때리고 공부도 시키지 않고 복도에 나가 꿇어 앉아 있으라 하니 그의 울분이 극도에 달했다.

운동장에 나가면 떼를 지어 조센징이라며 놀리고 때리니 참지 못하고 끝내 싸우면 일본 학생의 고발을 듣고 온 선생님은 잘잘못은 고사하고 권 군에게만 벌을 주기 일쑤였다.

그날도 종전과 같이 아무런 잘못이 없는데도 벌 받기를 반복하니 도저히 참을 수가 없어 오기가 발동하였다. 성장을 한없이 유예하고픈 소년기를 눈물로 지낼 수만 있는가? 하는 생각으로 고민하고 난 후의 결심은 참으로 담대했다.

그날이 마침 수업료 납부의 날이라 갖고 온 돈을 납부하지 않고 가게에 가서 큰 성냥통을 몽땅 사서 책가방 속에 갖고 등교했다. 마침 학교를 증축하느라 목재를 쌓아놓고 다듬은 잔해와 대패밥이 수북히 쌓여 있었다.

권 소년은 '때는 이때다' 하고 늦은 밤에 대패밥과 목재 부스러기를 복도와 교실에 쌓아 놓고 그 속에 성냥을 몽땅 집어넣고 불을 질렀다. 그리고 나서 정신없이 들판으로 달려가 가을걷이가 끝나고 벼 낟가리를 쌓아 놓은 곳에 숨어들어 멀리서 학교가 불타는 광경을 바라보며 통쾌함과 함께 '이제 잡히면 죽겠구나' 싶어 하염없이 눈물을 흘렸다.

아침 일찍 벼 낟가리 속에서 나와 큰 길로 나오니 웬 숯장수가 짐수레를 밀고 가기에 뒤에서 수레를 밀어주면서 같이 갔다. 고갯마루에서 쉬면서 '고맙구나' 하면서 몇 푼의 돈을 주기에 이를 받아 낯선 뒷거리에 찾아들어 빵가게에서 빵을 사 먹으며 주인에게 갈 곳이 없으니 이곳에서 일을 하게 해 달라고 간청하니 그렇지 않아도 일하는 아이를 구하는 중이라서 기특하게 여기고 숙식을 제공하는 조건으로 일을 하게 되었다. 하는 일이라곤 매일 아침 일찍 가게문을 열고 청소하고 영업준비를 하는 게 고작이다.

그러던 어느 날 조간신문이 와서 주인 책상에 갖다 놓으려 하다가 신문에 자기 얼굴이 크게 나와 방화범으로 지목되어 수배중임을 알게 되었다. 내용에 이 아이를 보는 즉시 경찰서에 신고하라는 부탁까지 있었다. 순간 권 소년은 자신의 사진이 든 신문 지면을 빼고 갖다 놓으니 그 날은 그냥 무사히 지나갔다.

하지만 낮에 빵 배달을 나가자 길에서 웬 낯선 사람이 자기를 주시하며 주머니 속에서 사진을 꺼내 대조를 하는 바람에 경찰서로 잡혀가게 되었다.

경찰이 취조를 하면서 "네가 정말로 불을 질렀느냐?" 하며 닥달하여 숨김없이 맞다고 하니, 누가 시켜서 했냐고 상세히 심문하는 것이었다.

누가 시켜서 한 것이 아니라고 당당히 말하는 광경을 지켜본 경찰서장이 자기에게 넘기라고 하더니 직접 데리고 가서 심문을 하였다.

"네 죄가 얼마나 큰 줄 아느냐?"

"나는 죽을 것으로 알고 있습니다."

"왜 그런데도 불을 질렀느냐?"

"나는 이런 세상에 더이상 살고 싶지 않습니다. 우리 학교 교문에도 크게 '내선일체'라고 써 붙여 놓고 평등하게 대한다고 해 놓고서는 내가 조선에서 건너왔다고 이렇게 차별대우하는 게 내선일체입니까? 마음대로 처벌하십시오."

그렇게 당당하게 말하고는 눈물을 흘리는 것이었다.

그 말을 들은 경찰서장은 입에서 "오호, 큰 놈이다"라고 감탄하면서 자기 관사로 데리고 가 부인에게 "이 아이를 잘 먹이고, 새 옷도 사 입히고 목욕시켜서 내가 찾을 때까지 잘 데리고 있으라"고 이른다.

숙식은 편해도 마음만은 편치 않았다. 며칠이 지나자 경찰서장이 권 소년을 데리고 가면서 이른다.

"오늘이 너의 재판날이니 판사 앞에서도 네가 처음 나한테 말한 대로 말하라."

재판정에 들어가 판사 앞에서도 권 소년은 당당하게 진술했다.

"제가 방화범이 맞습니다."

"왜 불을 질렀나?"

"학교 정문에도 내선일체라고 크게 써 붙여 놓고도 실상은 이것과는 크게 다르니 이것이 천황폐하가 말씀한 내선일체입니까?"

고뇌에 찬 판사가 한 시간 내내 고개를 숙여 침묵하다가 판결을 내렸다.

"이 아이는 무죄이니 바로 석방하라."

이 일로 해서 학교 교명이 없어지고(후에 다른 이름으로 개명) 교장과 담당선생은 천황의 칙명을 어긴 죄로 구속되는 사태까지 이르렀다. 양심 있는 그 판사의 판결은 지각 있는 일본인의 전형으로 기록하고 싶은 심정이다.

그 후 자식이 없는 경찰서장은 그 아이를 양자로 삼으려 하였지만, 그 호의를 뿌리치고 조선으로 귀국한 권성삼의 이후 행적은 접어두기로 하자.

이병주 선생의 '역사적 사실이 햇빛에 바래면 역사가 되고 달빛에 물들면 신화가 된다'는 말씀을 되새기며 이 소년의 투쟁기를 독립운동사에 실어 후대에 귀감이 되었으면 하는 바람이다.

**내선일체(內鮮一體)–필자의 변(辯)**

필자가 이 글을 쓴 참된 이유는 일제치하의 혹독한 압제를 당한 소년의 수난사를 간력하게 적어 반성의 변으로 삼고자 합니다.

그 시절 모든 것을 잃고 고향에 안주하지 못하고 산지 사방으로 흩어져 살아야 했던 과거사를 되돌아보며 실제로 있었던 일들을 거울삼아 새롭게 건국된 조국의 앞날에 자라나는 소년들의 올바른 교육관이 확립되어 전쟁이 빚은 참화와 치욕적인 약자의 비애를 되풀이하지 않기 위하여 바른 역사의 장을 펼쳐서 보여드리고자 하는 바입니다.

우리의 선조들은 약해서 당했습니다.

그러나 그들이 이 땅에서 저지른 치욕의 역사를 증오심으로 되풀이하지 않고 새로운 선린의 우호를 바탕으로 평화를 이루어 잘 살자는 뜻입니다.

증오는 결코 증오로 소멸되지 않는다고 했습니다. 잊지는 말고 큰 마음으로 용서하고 새로운 선린관계를 이룩하여 극동의 평화를 이룩하고자 하는 염원으로 밑바탕을 삼았습니다.

우리나라는 해양세력과 대륙세력이 교차하는 분단국가로서 두 세력간의 부침(浮沈)에 따른 충격과 피해를 고스란히 받는 지정학적으로 운신의 폭이 좁은 취약점을 안고 있습니다.

그러나 이웃 일본과는 동아시아 질서와 평화를 구축하는 데, 또한 번영을 같이 해야 할 이웃이며 상대임은 자명한 사실입니다. 이제까지 품어 온 혐오의 감정을 개선하여 새로운 평화의 장을 열도록 어린이들의 바른 심성교육이 절실히 필요한 시기라고 봅니다.

지난날 망국의 길에서 그들에게 허리 굽혀 살 길을 찾았지만 이 글에 나오는 소년은 그렇지 않았습니다. 정말 똑똑하게 자랐습니다.

이 사실이 훗날 역사를 바로 세우는 데 바른 밑받침이 되어야겠다는 생각으로 치유의 장을 만들어 어린 넋에 대한 위로의 마음으로 쓰는 바입니다.

2019. 4.

# 8부

# 시 · 시조

# 이낙포(李落浦)

잦아진 여울소리 노량해 굽이 돌아
구천(九天)에 영기(靈氣)서린 범접 못할 성역(聖域)인데
애석타 이 전승지(戰勝地)에 이낙포가 웬말이뇨

부릅뜬 눈망울에 구국(救國)채 높이 들고
간악(奸惡)한 왜구(倭寇)들을 들몰아 후려칠 때
강산도 빼어났었고 백의(白衣) 얼도 어렸다네

비바람 세월 따라 비각(碑閣)은 씻기어도
한서린 초토(焦土) 위에 분노(憤怒)는 해일(海溢)인데
구구절절 진충보국(盡忠報國) 피가 맺힌 통곡(痛哭)입네

*지금의 관음포(觀音浦)로 충무공이 노량해전에서 전사한 곳이기도 하며 시신을 처음 안치한 곳에 사당 이낙사(李落祠)가 있다.

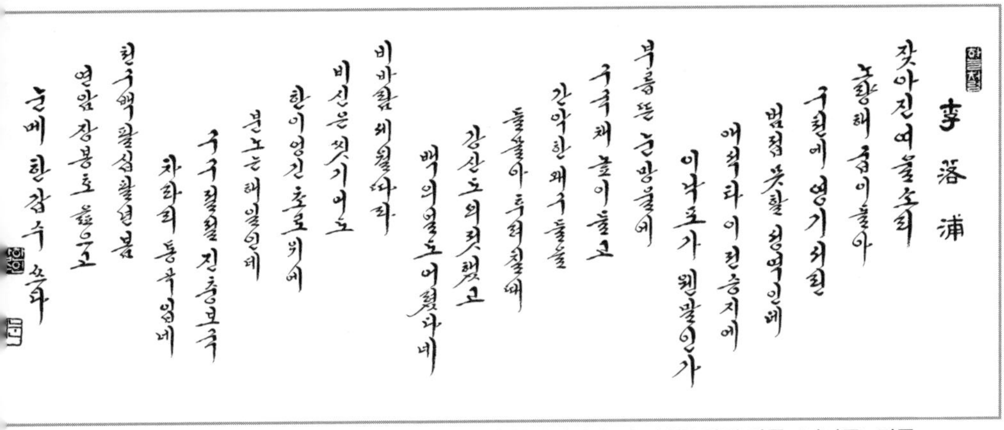


▲ 저자가 文學의 길을 예단하고 그 단초(端初)가 된 학생백일장 시조부문 장원 작품 〈이낙포〉 전문.
— 글씨는 한글학자 눈메 한갑수 선생의 친필

▲ 경남 남해시 이낙포에 있는 이순신 장군의 영상관 전경

# 밤하늘의 그림자

사모의 깊은 심연 고요로 담아두고
밤하늘 별자리에 전해온 푸른 섬광
그토록 오랜 세월에 방황하던 내 님아

겹겹이 쌓여지는 한 많은 세월 속에
영혼이 시리도록 기도하는 자세는
진실로 거룩한 모습 가슴 앓는 염원인저

그림자 부여잡고 하늘을 노니는가
슬픔이 묻어오는 주체 못할 향기는
두고 온 전생의 연을 불사르고 웃는다

눈물의 깊은 뜻은 세상사 저어해도
아련히 접어보는 애달픈 모습에서
한사코 몸부림치며 말개지는 어둠아

# 비너스(venus)

1.
바람도 자지러진 싸아한 겨울밤에
처연히 가슴 쓸어 허공을 바라보니
하늘 끝 청량한 별빛 향기로워 울음 운다.

2.
어둠이 생명처럼 조용히 좌정하면
그림자 찾아 나선 허황한 사랑인저
자시(子時)는 목놓아 우는 형벌되어 오는가.

3.
비너스 초롱한 빛결에서 지켜주며
갈 길이 하 멀어도 한사코 따라나선
또 하나 운명의 지킴 통곡하는 별자리

4.
천년을 하루같이 백년을 잣대삼아
차오른 가슴멍에 사르며 속죄하며
스스로 구만리 장천 재로 살아 흩어지리.

# 방우단

옥상에 땀을 실어 텃밭을 조성하니
비바람 풍진 세월 눅눅히 녹아들어
한사코 말 못할 사연 접어두라 하시네

가녀린 묘목 심어 기다린 십년 세월
오붓이 열매 맺어 기쁨은 가이없어
정들여 술빚는 마음 그대 함께 하려니

가을밤 녹아나는 하늘은 별빛인데
익은 술잔을 채워 그대를 바라보니
조용히 되살려지는 하늘같은 기쁨아

가난한 마음밭에 풍요함 터잡으니
미더운 햇살들이 반기며 드리운다
방우단 세워진 뜻이 눈물겹다 하리니

*건물 옥상에 텃밭을 조성하여 유실수와 푸성귀를 심어놓고 한켠에는 조그만 온실을 지어 내 문학의 산실로 문우들과 만나고 있다.
햇빛이 지천으로 잘 들어 방우단이라 이름하고….

# 그대

— 용인 文友를 그리며

참다운 즐거움은 신비한 전설인가
기쁨이 전이되어 허와 실이 바뀌어도
언제나 그냥 그대로 따뜻하게 전달된다

몸가짐 마음가짐 잔잔한 호수여라
옮기고 자리뜸에 바람결도 잠드는데
그 속에 자리매김한 하늘같은 자비련가

허우적 시달리며 살아온 세월 속에
그대를 바라보는 맑고 맑은 속내는
풍요한 자비로움에 묻어나는 향기여라

# 기다리며

1.

이토록 기다림이 힘겨운 세월 되어
하늘도 지친 품이 구름 덮어 회색인데
언제나 반가운 모습 가슴 쓸어내리는가

2.

토라져 한숨짓는 옹졸한 가슴팍에
한줄기 비 소식은 반가운 청량젠데
가슴 속 질풍노도는 끝날 자락 찾음인가

3.

행여나 아쉬움이 넘쳐나 흘러가면
웃으며 맞는 얼굴 다독거려 잠재우고
의연히 가꾸어온 마음 보석되어 서걱인다

# 행주산성

1.

덕양산 감아도는 한강물 큰 줄기가
고양 벌 질펀하게 비옥한 젖줄 되어
의연한 행주산성은 꿈을 꾸듯 자리잡고

2.

도성을 지켜내는 천연의 요새로 터 잡아
임진, 정유 왜란을 토성으로 지켜온
피맺힌 맨돌의 신화 역사는 기록하리

3.

질곡의 어두운 삶 모닥불로 지펴지고
이제야 바람처럼 날려보낸 신화 속에
두텁게 자리매김한 찬란한 산성이여

# 약속

1.
하늘로 날아오른 올곧은 다짐들을
절제된 감정으로 애틋이 다독거려
지녀온 아픈 세월을 웃음지어 울음 운다

2.
신화로 거듭나는 줄기찬 소망인데
생경한 마음가짐 불가사의 수수께끼
밤마다 낭떠러지로 굴러 내린 요원함이여

3.
앵두꽃 향기 젖은 봄밤은 무르익어
처연히 그대 만나 포근한 정 가슴에 묻고
샛별을 올려다보며 정한의 세월을 보낸다

# 춘우(春雨)

1.
하늘이 자비로워 춘우가 촉촉하니
대지에 피어나는 환희에 웃음들이
천지간 조화의 화답 순간에서 영원으로

2.
바탕이 어진 터라 시류 따라 생기 일어
물오른 넉넉함이 시혜로 베푸나니
살가운 축복의 환희 눈을 감고 기도하리

3.
태초에 태어남이 선택된 신화인가
세월의 오고감을 한갓지게 밀어내고
오늘도 충만한 신비 봄비 되어 흐른다

# 유월(榴月)*의 신화

1.
생각은 혼미해도 성장의 계절인데
포근한 햇살 받아 알 차는 열매 속에
하늘로 뻗어 오르는 그리움은 따뜻하고

2.
생각의 시작에도 끝맺는 시각에도
언제나 나른하게 꿈처럼 떠오르는
세상사 하얗게 덮친 그 영상을 어이하리

3.
선하품 젖어오는 한나절 적요함이
칙칙한 염찬하오 한줄기 비 소식에
청량히 씻기는 가슴 가벼움을 날개 단다

*유월(榴月) : 석류꽃이 피는 달, 음력 오월

# 안개

1.
인당수 수중궁궐 향으로 사름인가
숨죽인 적막 속에 피어나는 외로움은
그 속에 자리매김한 지궁지대한 공덕이여

2.
무아의 사위 속에 조화의 혼돈인가
시야는 면벽 넘어 달마의 칠년 세월
숨겨진 깊은 뜻은 가린 그대로 있을지니

3.
물로써 종결짓는 최후의 향연인가
환각도 사치스레 눈을 감는 경건함은
스스로 산화하고픈 멍든 영혼의 인고인저

# 봄바다

1.

바다가 푸른 꿈을 머금고 다가오면
봄맞이 소식일랑 파도로 일렁이고
해조음 상큼한 향기 넋을 잃고 맞누나

2.

자맥질 넘나드는 환상의 그리움은
바닷속 수중궁궐 님 그린 정성인데
아련히 젖어오는 정 모래톱에 묻고 가리

3.

수평선 아득함에 그리움은 돋아나고
오는 봄 가는 겨울 물결은 푸르른데
애틋한 약속의 묶음 물안개로 피어나랴

*2003. 2. 17. 우수가 오는 영흥도에서

# 만남

1.
연이라 했다던가 오가는 정이련가
허공에 집을 짓고 구름 속에 꿈을 묻어
한세상 맺고 끊음을 물 흐르듯 연기처럼

2.
옷깃이 스쳐가도 바람이 인다는데
마음을 오려내어 아름답게 기도하는
긴긴 밤 하얗게 새는 통곡의 벽 이야기

3.
기쁨의 가슴앓이 어디에 묻어두랴
조용히 눈으로만 공양하는 미련은
세상사 성애 서리듯 언저리에 맴도나

# 눈

1.

기쁨이 이다지도 끝없이 이어질까
태초의 거룩함을 하얗게 수놓으며
깨끗한 창조의 역사 눈부시게 함인가

2.

아련히 바라보면 슬픔이 묻어옴은
생명을 잉태하는 거룩한 전조인가
차분히 덧씌워지는 한량없는 자비여

3.

천지를 채워놓은 혼돈의 차분함이
두텁게 베푸시는 따스한 사랑인저
이토록 숙연한 자태 그 품속에 잠들고저

4.

비워논 하얀 색깔 꿈으로 장식하고
꿈인 듯 생시인 양 낮과 밤이 흐르는가
따뜻한 겨울이야기 청량하게 들려오고

# 방우단 달빛

1.
태초의 천지같은 달빛은 밤이어라
살포시 내려앉은 별들의 속삭임은
우리네 숨길 수 없는 헐벗은 그리움일 터

2.
강산이 변한다는 세월 속에 영근 열매
정겹게 빚은 술을 개항하는 축배자리
아련히 숨결 고르는 보름달이 고아라

3.
만상은 안개처럼 자욱히 내리는데
방우단 출렁이는 웃음꽃은 피어나니
찰나여 석류알처럼 붉게 익은 법열인저

*방우단 술자석에 참석한 문우 호아의 격려 시조임.

# 생명수

1.

보름달 높은 기품 잉태한 생명수는
자연의 조화인가 신비의 극치인가
그 속에 따스한 정을 두 손 모아 반기고

2.

밤하늘 맑은 기운 사위가 안돈하면
천지간 교감 있어 수맥은 흐르는가
숙연한 창조의 역사 사랑으로 가름하고

3.

우주의 모든 질서 신비한 모듬인가
몸속의 깊은 샘물 자비로 솟아나면
생명수 타는 목마름 하늘 높이 날으리

# 삶을 녹인 여울소리에 붙여

1.
신비한 깊은 속살 수줍은 듯 펼쳐내니
아련히 떠오르는 보름달 같음이라
그 속엔 조화의 숨결 숨 고르며 드나들고

2.
잦아진 여울소리 강심으로 녹아드니
가슴 속 안쓰러움 저린 듯 아파오고
애잔한 세상이야기 접어두고 가시려나

3.
초매한 삶의 여정 물 흐르듯 지나는데
아쉬워 붙잡아도 흘러감은 조용하다
조신한 여린 속마음 여울소리에 묻혀 가리

* '호아' 선생의 책 내심을 기리며

# 산사 가는 길 · 5

제 홀로 걸어온 길
이녁의 원(願)을 세워
발 아래 펼쳐진 정토(淨土)
묵언(默言)하면서
그녁의 뜬 구름처럼
조용히  머물고 있는 실체
그것 다 버리고
다만 물소리로 듣고 있는가

저 온갖 그물 눈 아래
욕심은 일어나고
혼탁한 오욕(五慾)의 그늘을 만든다

예토예토를 지나온 바람
어디서 불어왔는지
한갓 뜬 구름으로 머물고 있는가

잠 없는 하늘
한 사람은 청옥의 빛을 더듬고

안개 따라 매달리던 산울림
그 속으로 속으로
산울림은 세월을 비껴 날아 올랐는가

두두불불(頭頭佛佛)
처처불사(處處佛事)
산사 가는 길
화두 하나 내려앉았다.

# 연꽃 · 3

연분홍빛으로 가라앉은 연지(蓮池) 속에
풀벌레도 눈을 떠
저 수박색 어리는 이파리에 누워
세상 물정 모른 채
지나가는 구름만 바라보았다.

간혹 비 오면 그 비 다 맞고
큰 바람 불면
피하려 하지 않았다.

밤이슬에 눈을 뜨는지
연꽃 사이사이에 묵은 씨앗
천 년 세월 흘러도 그 자리
바람의 이름 전했다.

시나브로 연잎은 져도
연근은 다시 살아
내 곁에 잠들고
오, 님이시여!

그 연화좌대(蓮華坐臺)
저마다 각기의 꿈을 지니고
마음과 마음으로 불러보는 순수 영혼
청청한 하늘엔 이윽고 적막이 찾아왔다.

# 강진바다

1.
밀물이 차고 들어 강진해에 모여들면
가져온 이야기들 펼쳐볼 시간 없어
썰물일 때 놓칠세라 앞다투어 밀려나고

2.
잔잔한 호수 되어 보름달 비춰오면
여드레 스무사흘 한시와 조금 되어
들어온 세 갈래 물길 풍요를 실어 넘치고

3.
망운산 노을 안고 잠든 양 고요한데
반갑게 물살 소리쳐 떠나야 할 섭리는
화전땅 희망의 기약 강진바다* 몫이었네

*강진바다는 경남 남해군과 사천군 하동군에 둘러싸인 바다로 물길은 남해본선과 창선도 사이의 지족해협(일명 손도)과 삼천포와 창선도 사이의 해협 여수 앞바다로 해서 들어온 하동 노량과 남해 노량 사이 해협으로 세 갈래의 물길이 있음.

# 자유로 사랑

동편 하늘 밝은 태양 행주산성 의연한데
한강물 조용히 흐르는 강변길 따라
서북으로 뻗어나간 시원한 자유 통일의 길
사랑 싣고 자유 실어 낭만을 달린다
황무지 벌판 이룬 고양 들녘에
우람한 꿈의 도시 일산이 우뚝 섰네
자유 평등 화합 행복한 우리의 터전
그 속에 꽃핀 사랑의 길 자유로의 사랑아

서편 하늘 붉은 노을 통일 전망대 바라보며
저 멀리 고봉산 철탑도 우뚝한 동산
천하길지 명당자리 통일의 터전 잡으셨네
한없이 달리고픈 자유로 사랑아
북녘 땅 가고 싶은 한 많은 강변
임진강 한강이 서해로 함께 흐르는
자유 평등 화합 행복한 우리의 터전
그 속에 꽃핀 사랑의 길 자유로의 사랑아

# 단풍이 물드는 소리

작시 : 장봉호 · 작곡 : 남봉룡

1. 산하여 그대는 들어 보았는가
   단풍이 물드는 소리
   푸른 바다에 밀려오는 파도소리처럼
   온 산하에 들려오는 애절한 이 소리
   단풍은 물들며 속삭인다
   내 가슴을 파고드는 신비의 이 소리가
   낙엽귀근 되새기며 내 소임 다하고
   떠남을 노래하리.
   온 세상 붉게 물들이며
   (후렴 : 언젠가 그리움 안고 다시 돌아올 가을이여)

2. 사랑아 그대는 들어 보았는가
   단풍이 물드는 소리
   계곡 사이로 불어오는 공양소리 되어
   삼라만상 온 천지에 전하는 이 소리
   단풍은 물들며 속삭인다
   경건하게 환청 되어 들리는 이 소리가
   색즉시공이라 읊조리며 한세상 다하고
   마침을 노래하리.
   내 가슴 맑게 물들이며
   (후렴 : 언젠가 그리움 안고 다시 돌아올 가을이여)

# 단풍이 물드는 소리

작시 : **장봉호**

작곡 : **남봉룡**

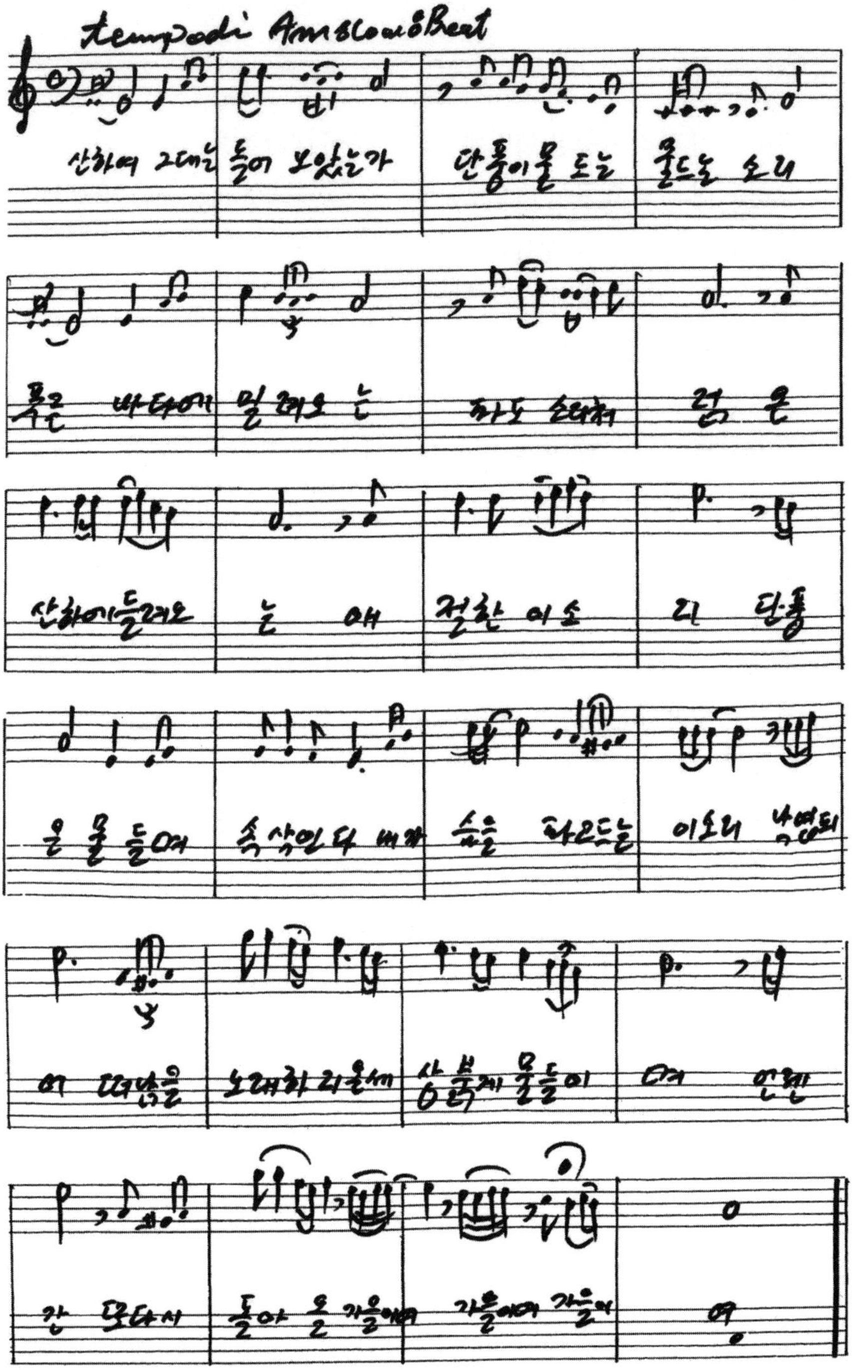

# 별빛의 향기

밤하늘 저 멀리 영롱한 별빛에 향기가 묻어 내려오면
그리운 내 님의 얼굴이 떠오르네
살구꽃 곱게 피는 봄 밤이던가
운명으로 그대 만나 가꿔온 사랑인데
그대는 꽃구름 수놓고 아늑한 요람 속에서
고운 꿈 그리며 기쁨을 노래할 적에
저 별은 임의 별인가 가슴 저미며 바라보는 눈가에
맺히는 이슬이여 별빛 향기에 젖어가는 슬픔의 밤이여

은하수 밝은 밤 찬란한 별빛에 향기가 실려 전해 오면
떠나간 그 님의 환상이 피어나네
앵두꽃 향기 젖은 봄밤이던가
숙명으로 님을 만나 가슴에 새긴 사랑
이제는 무거운 짐 벗어 말없이 하늘 보면서
지난날 그리며 추억을 노래할 적에
샛별은 그대 별인가 영혼 울리며 기도하는 가슴에
쌓이는 회한이여 별빛 향기에 젖어가는 찬란한 밤이여

# 봉화산 정토원

1.

태초의 자암 산록 사자바위 제전 되어
불타의 자비로운 미소로 영근 터전
동방의 불국정토를 살갑게 펼치리라

2.

봉화산 딱따구리 독경하는 깊은 밤에
정토원 숨죽인 고요 차분히 자리잡아
호미든 관음보살상 중생 위해 나신 되다

3.

큰 자취 밝은 여명 진영벌에 가득하면
바닷길 실크로드 부처님 다가와서
영험한 창조의 개벽 니르바나의 성전으로

# 침향(沈香) 송(頌)

수묵화 그윽한 고요 속에
신화로 승화되는 고결한 향기는
꽃이 되고 꿈이 되어
먼 하늘 별빛에 젖어들면
그대 가슴에 고이 잠기고 싶어라

태초에 생성된 짙은 향기는
오로지 진실로 꿈을 꾸어
조용히 사랑으로 펴져 나가면
하늘은 말을 잊고 그대로인데,
그대와 내 가슴에 무지개로 이어져
찬란한 보석으로 빛을 발하리라

아무런 흔적없이 침묵으로 오셨다가
향이 어린 물길 되어 대지에 흘러가면
풍요한 삶의 진실을 보듬고
여명의 길목에서 따스하게 눈길 보낸다

언젠가 산화한 향이 응고되어 사랑의 화석으로 변할 때
침묵의 향기로 샘솟는 몽환의 세계로 들어가노라면

향기는 웃음으로 맞이한다
지나간 즈믄 세월 겹겹이 포장된 향기는
이제사 신비를 벗고 수려한 품세로
하늘로 치솟아

그리하여 하늘 가득히 비상한 아득히 먼 거리에서
어느날 살포시 시향(詩香)으로 자리 잡아
다소곳이 대지에 내려앉으면
거룩한 향은 궁성(宮聲)으로 외치나니
나 여기 침향으로 돌아 왔노라고.

# 정유년 춘분

1.
밤낮이 조화롭게 반반씩 나눠 가져
에둘러 천지조화 춘분이라 하였던가
아련한 평온한 적요 촉촉한 정으로 살다

2.
우주의 윤회함이 이렇듯 신비로워
사계절 춘하추동 때맞춰 찾아오니
세상사 영고성쇠를 신산스런 삶으로 살다

3.
봄 오는 들뜬 소식 춘분이 잣대되어
온산천 푸른 하늘 천지에 봄기운이
유장한 갈망의 선율 꽃피어 보듬으리

# 삼각산 계곡

심산 속 계류 따라 휘감아 돌아든 물
저토록 소리내어 백옥같이 부서짐은
청량한 솔바람소리 녹아 젖어 토함인가?

초행길 세 문우가 이토록 정겨움은
산천은 조화롭고 수목은 향기로와
이속에 날 저물도록 노닐고픈 선유도라

하늘이 일찍 열어 선경을 빚었는가
이끼 낀 바위 아래 스며든 물줄기는
잔잔히 되사려지는 어머님 젖줄인저

흐름이 아쉬운가 포말되어 부서지고
머묾이 안쓰러워 소리내어 우짖는가
천지간 맺고 끊음이 물길같이 도사리고

# 길 따라 예까지

•

지은이 / 장봉호
발행인 / 김영란
발행처 / **한누리미디어**
디자인 / 지선숙

•

08303, 서울시 구로구 구로중앙로18길 40, 2층(구로동)
전화 / (02)379-4514
Fax / (02)379-4516
E-mail/hannury2003@hanmail.net

•

신고번호 / 제 25100-2016-000025호
신고연월일 / 2016. 4. 11
등록일 / 1993. 11. 4

•

초판발행일 / 2019년 4월 30일

•



•

값 15,000원

•



•

ISBN 978-89-7969-798-8 03810

이 도서의 국립중앙도서관 출판예정도서목록(CIP)은 서지정보유통지원시스템 홈페이지(http://seoji.nl.go.kr)와 국가자료종합목록시스템(http://www.nl.go.kr/kolisnet)에서 이용하실 수 있습니다.
(CIP제어번호 : CIP2019016524)